楚辭風華

從〈九辯〉到〈九思〉的楚辭體詩歌辨析

白羽 著

物我合一意境、典雅諧美聲律、辭句婉麗纏綿
楚國文學的千年吟唱，屈原藝術形象再塑造！

目錄

〈九辯〉 ………………………………………… 005

〈招魂〉 ………………………………………… 037

〈惜誓〉 ………………………………………… 065

〈招隱士〉 ……………………………………… 075

〈七諫〉 ………………………………………… 081

〈九懷〉 ………………………………………… 135

〈九思〉 ………………………………………… 173

目 錄

〈九辯〉

【作者及作品】

　　這首詩的作者是宋玉，字子淵，為宋國公族之後，曾為楚頃襄王的大夫，是古代著名的辭賦大家。與唐勒、景差等人齊名。《漢書・藝文志》記載有賦 16 篇，但大多已失傳。現存作品有〈九辯〉、〈風賦〉、〈高唐賦〉、〈登徒子好色賦〉等，但也有學者懷疑〈風賦〉等三篇是後人託名的偽作。宋玉是屈原之後楚國的辭賦大家，王逸說他是屈原的弟子，但此說疑點較多，並不被普遍認可。後世往往把屈原和宋玉並列，如李白說：「屈宋長逝，無堪與言」，便是給予宋玉和屈原同等的地位。

　　〈九辯〉是宋玉的代表性作品，這首長詩和屈原的〈離騷〉一樣，都具有一定程度的自傳色彩。王逸認為，此詩是「憫其師忠而放逐，故作〈九辯〉以哀其師」，不過從詩歌的總體內容來看，主題更多的是「貧士失職而志不平」。

　　〈九辯〉在表現手法上借景抒情，情景相生，達到物我兩忘、物我合一的意境。句法上參次錯落，語言典雅諧美，大量使用雙聲、疊韻、疊字、辭句婉麗，纏綿悱惻。劉勰在《文心雕龍・辯騷》中說此詩「綺靡以傷情」，並將它和屈原的作品相提並論，說「自〈九懷〉以下，遽躡其跡；而屈、宋逸步，莫

005

〈九辯〉

之能追。故其敘情怨，則鬱伊而易感；述離居，則愴怏而難懷；論山水，則循聲而得貌；言節候，則披文而見時。」明末清初的大學者王夫之也給此詩很高的評價，說該詩：「因時而發嘆也，人之有秋心，天之有秋氣，物之有秋容，三合而懷人之情，悽愴不容已矣。」對先秦文學頗有心得的魯迅先生也評價說：「〈九辯〉本古辭，玉取其名，創為新制。雖馳神逞想，不同〈離騷〉，而悽怨之情，實力獨絕。」當然，對〈九辯〉也有不客氣的批評，司馬遷就曾在《史記·屈原賈生列傳》中說：「皆祖屈原之從容辭令，終莫敢直諫」，意思是說宋玉的詩句多模仿屈原，從頭至尾也不敢說一句直抒胸臆的真話。

　　從文學的角度來看，〈九辯〉無疑是一篇成功的作品，他對後世的影響非常大，把楚國文學中的「悲秋色彩」輸入兩千餘年的吟唱中。曹子建〈秋思賦〉中說：「四節更王兮秋氣悲，遙思惝怳兮若有遺。原野蕭條兮煙無依，雲高氣靜兮露凝衣」，魏文帝〈燕歌行〉中說：「秋風蕭瑟天氣涼，草木搖落露為霜。群燕辭歸鵠南翔，念君客遊思斷腸」，歐陽修〈秋聲賦〉中說：「噫嘻悲哉！此秋聲也，胡為而來哉？蓋夫秋之為狀也，其色慘淡，煙霏雲斂」，都或多或少受到〈九辯〉意象的影響。庾子山更在詩中說：「搖落秋為氣，淒涼多怨情。」可說是直接從宋玉的詩篇中化用來的句子。另外，有些詩人乾脆直接把「宋玉」、「九辯」和「秋天」連結起來，一提悲秋，自然想到宋玉。例如杜甫〈詠懷古蹟〉中就說：「搖落深知宋玉悲，風流儒

雅亦吾師。」除此之外，類似詩句還有很多，可說不勝列舉。由此，宋玉此詩的影響可見一斑。

悲哉！秋之為氣也。
蕭瑟[001]（ㄒㄧㄠ ㄙㄜˋ）兮草木搖落[002]而變衰（ㄕㄨㄞ）。

【譯詩】

悲壯啊，秋天的氣息。
蕭瑟的秋風使草木凋零而衰敗。

憭慄[003]（ㄌㄧㄠˇ ㄌㄧˋ）兮若在遠行，登山臨水兮送將歸。
泬（ㄒㄩㄝˋ）寥[004]兮天高而氣清，寂寥兮收潦[005]（ㄌㄠˋ）而水清。

【譯詩】

悽愴的像要遠行，跋山涉水（萬里）送別將要歸去的人。
空虛曠蕩而天高氣爽，雨水消退後水面虛靜而清澈。

---

[001] 蕭瑟：秋天的風吹樹木之聲。
[002] 搖落：凋零、零落。
[003] 憭慄：形容淒涼。
[004] 泬寥：空曠無雲的樣子。
[005] 收潦：雨停。潦，雨水、淹水。

〈九辯〉

憯（ㄘㄢˇ）悽[006]增欷[007]（ㄒㄧ）兮，薄寒之中人[008]。
愴怳[009]（ㄔㄨㄤˋ ㄏㄨㄤˇ）懭悢（ㄎㄨㄤˇ ㄌㄧㄤˋ）兮，去故而就新。

【譯詩】

屢次悽愴的嘆息，（秋天的）微寒襲人。
悲傷失意，離開故地去新的地方。

坎廩[010]（ㄌㄧㄥˇ）兮貧士失職而志不平，
廓（ㄎㄨㄛˋ）落[011]兮羈（ㄐㄧ）旅[012]而無友生[013]，惆悵兮而私自憐。

【譯詩】

遭際坎坷貧士（被）罷職而心中不平，
天宇如此空闊寂靜，羈絆在外的旅人卻沒有朋友，惆悵的顧影自憐。

---

[006] 憯悽：憂傷悲悽。
[007] 增欷：嘆息。
[008] 中人：侵襲人。
[009] 愴怳：形容失意。
[010] 坎廩：坎坷不平。
[011] 廓落：孤獨、落寞。
[012] 羈旅：滯留在途中。
[013] 友生：知交。

燕翩翩其辭歸兮，蟬寂漠而無聲。

雁廱（ㄩㄥ）廱[014]而南遊兮，鶤（ㄎㄨㄣ）雞[015]啁哳[016]（ㄓㄡ ㄓㄚˊ）而悲鳴。

【譯詩】

燕子翩然辭北南歸，寒蟬寂然沒有任何聲音。

大雁鳴叫著向南飛去，鶤雞不停地啾啾悲鳴。

獨申旦而不寐（ㄇㄟˋ）兮，哀蟋蟀（ㄒㄧ ㄕㄨㄞˋ）之宵征。

時亹（ㄨㄟˇ）亹[017]而過中[018]兮，蹇[019]（ㄐㄧㄢˇ）淹留[020]而無成。

【譯詩】

獨自到天明難以入眠，徹夜鳴叫的蟋蟀令我哀傷。

時光流逝已過半生，艱難阻滯而一事無成。

【延伸】

以上是詩歌的第一部分，開篇主題明確，一句「悲哉！秋之為氣也」，令人心潮激盪。接下來說失去官職，無人憐憫，

[014]　廱廱：雁鳴之聲。
[015]　鶤雞：鳥名，羽毛黃白色，形似鶴。
[016]　啁哳：細碎且急促的聲音。
[017]　亹亹：形容行進不停歇。
[018]　過中：超過中年。
[019]　蹇：發語詞。
[020]　淹留：滯留、久留。

009

〈九辯〉

孤身流浪,且人過中年,而一事無成。似乎有無窮盡的不幸,都集中在詩人身上。這使這位流浪者眼裡的風景,也都帶著悲哀的色彩。可以說,貧士悲秋是宋玉首創。

> 悲憂窮戚兮獨處廓,有美一人[021]兮心不繹[022](一ヽ)。
> 去鄉離家兮徠(ㄌㄞˊ)遠客[023],超逍遙兮今焉薄[024]?

【譯詩】

悲傷的是處境窘迫不堪,獨處荒寂,有一位美人心中不歡愉。

離開家鄉在異鄉為客,漂泊不定,如今去何方?

> 專思君兮不可化,君不知兮可奈何!
> 蓄怨兮積思,心煩憺[025](ㄉㄢˋ)兮忘食事[026]。

【譯詩】

一心顧念君王不可改變,你不知道(我)又能怎麼辦!

滿懷怨意思慮不止,心中煩悶不想吃飯。

---

[021]　有美一人:作者自指。
[022]　繹:「懌」,愉悅。
[023]　徠遠客:到遠方為客。
[024]　薄:接近。
[025]　煩憺:煩悶。
[026]　食事:吃飯。

願一見兮道[027]余意，君之心兮與余異。
車既駕兮揭[028]（ㄑㄧㄝˋ）而歸，不得見兮心傷悲。

【譯詩】

願見一面道出我的心意，你的心卻與我不同。
駕起馬車去了又返回，見不到（君主）所以心中傷悲。

倚結軨[029]（ㄌㄧㄥˊ）兮長太息，涕潺湲[030]（ㄩㄢˊ）兮下霑軾[031]（ㄕˋ）。
忼（ㄎㄤ）慨[032]絕兮不得，中瞀（ㄇㄠˋ）亂兮迷惑。
私自憐兮何極？心怦怦兮諒直[033]。

【譯詩】

倚靠著車廂的木欄嘆氣，淚水滾滾而下，沾溼了車扶手的橫木。
情緒難平，難以做到決絕，迷亂又惶惑。
自怨自艾何時終止？怦怦跳的心忠忱耿直。

---

[027]　道：訴說。
[028]　揭：離去。
[029]　結軨：指車廂。
[030]　潺湲：流水聲，此處指流淚。
[031]　軾：車前供人手扶的橫木。
[032]　忼慨：同「慷慨」。
[033]　諒直：忠誠而正直。

011

〈九辯〉

【延伸】

　　第二部分，訴說見秋而悲的原因。詩中說「有美一人兮心不繹，去鄉離家兮徠遠客，超逍遙兮今焉薄」，美麗的女子居然遭到遺棄，使之飄零遠方，思戀丈夫卻得不到回應，愛情之夢破滅，傷心痛矣！

> 皇天平分四時兮，竊[034]獨悲此廩[035]（ㄌㄧㄥˇ）秋。
> 白露既下百草兮，奄[036]離披此梧楸（ㄨˊ ㄑㄧㄡ）。

【譯詩】

　　上天將一年平分為四季，我私下暗自悲嘆寒秋。
　　降下的白露沾濡百草，忽然飄散的樹葉離開梧桐。

> 去白日之昭昭兮，襲長夜之悠悠。
> 離芳藹[037]（ㄞˇ）之方壯兮，余萎（ㄨㄟˇ）約[038]而悲愁。

【譯詩】

　　離開明亮的白天，步入黑暗的悠悠長夜。
　　百花盛開的時節已經過去，如今只剩下枯萎的木葉悲愁。

---

[034]　竊：暗自。
[035]　廩：同「凜」，形容寒冷。
[036]　奄：忽然。
[037]　芳藹：芳香茂盛，此處形容人在盛年。
[038]　萎約：枯萎縮小。

秋既先戒以白露兮，冬又申之以嚴霜。

收恢臺[039]之孟夏兮，然欿[040]（ㄎㄢˇ）傺[041]（ㄔˋ）而沉藏。

【譯詩】

深秋的白露已先期到來，預告冬天的嚴霜隨後又至。

夏日的繁盛如今都已不見，乃終止而秋收冬藏。

葉菸邑[042]（ㄩˊ ㄧˋ）而無色兮，枝煩挐[043]（ㄖㄨˊ）而交橫。

顏淫（ㄧㄥˊ）溢[044]而將罷[045]（ㄆㄧˊ）兮，柯（ㄎㄜ）彷彿而萎黃。

【譯詩】

葉子黯淡無光，枝條交叉紛亂。

草木的顏色改變將衰謝，樹枝萎縮似乎將枯黃。

---

[039]　恢臺：形容廣大昌盛。
[040]　欿：同「坎」，陷落。
[041]　傺：停止。
[042]　菸邑：形容黯淡。
[043]　煩挐：形容稀疏紛亂。
[044]　淫溢：過甚。
[045]　罷：同「疲」。

〈九辯〉

　　萷[046]（ㄕㄠ）櫹槮[047]（ㄒㄧㄠ ㄙㄣ）之可哀兮，形銷鑠[048]（ㄒㄧㄠ ㄕㄨㄛˋ）而瘀（ㄩ）傷。

　　唯其紛糅[049]（ㄈㄣ ㄖㄡˇ）而將落兮，恨其失時而無當。

【譯詩】

　　樹梢光禿禿的令人哀嘆，枝幹枯焦令人感傷。
　　想到落葉與衰草雜糅，悵恨失去時機而生不逢時。

　　攬（ㄌㄢˇ）騑[050]（ㄈㄟ）轡（ㄆㄟˋ）而下節[051]兮，聊逍遙以相伴。
　　歲忽忽而遒[052]（ㄑㄧㄡˊ）盡兮，恐余壽之弗（ㄈㄨˊ）將[053]。

【譯詩】

　　拉住韁繩、放下馬鞭，暫且隨意而緩緩的行走。
　　歲月匆匆即將要完結，恐怕我的壽命也難長久。

---

[046]　萷：同「梢」，樹梢。
[047]　櫹槮：形容樹葉落光的樣子。
[048]　銷鑠：樹木因天氣變冷而遭到損毀。
[049]　紛糅：枯枝敗草，指雜亂。
[050]　騑：驂馬。
[051]　節：鞭子。
[052]　遒：迫近。
[053]　將：長。

悼余生之不時兮,逢此世之俇攘[054](ㄨㄤˇ ㄖㄤˇ)。
澹(ㄉㄢˋ)容與[055]而獨倚兮,蟋蟀鳴此西堂。

【譯詩】

哀痛我生不逢時,遇上這紛亂的世界難以拯救。
安靜的徘徊而無所依靠,聽蟋蟀在西堂不斷吟唱。

心怵惕[056](ㄔㄨˋ ㄊㄧˋ)而震盪兮,何所憂之多方?
卬(ㄧㄤˇ)明月而太息兮,步列星而極明[057]。

【譯詩】

心神驚懼受到極大震盪,為何所擔憂的如此之多?
望著明月而長長的嘆息,行觀星辰不能臥寐到天明。

【延伸】

第三部分,仍然訴說見秋而悲的原因,一路所見秋色,眼中盡是淒涼。「白露既下百草兮,奄離披此梧楸」,寒露降落,百草枯黃,喬木落葉,春夏的濃蔭都消失,這是何等的悲涼!同時,「唯其紛糅而將落兮,恨其失時而無當」,不但季節改變,就連機遇也錯過了,貧士由此更加悲哀。

---

[054]　俇攘:紛擾不安。
[055]　容與:形容遲緩不前。
[056]　怵惕:驚懼。
[057]　極明:到天亮。

〈九辯〉

竊悲夫蕙(ㄏㄨㄟˋ)華之曾敷[058](ㄈㄨ)兮,紛旖旎[059](ㄧˇ ㄋㄧˇ)乎都房[060]。

何曾華之無實兮,從風雨而飛颺(ㄧㄤˊ)!

【譯詩】

暗自傷感蕙草也曾綻放,五彩繽紛開遍廳堂。

為何花沒有果實,隨著風雨飄落一地!

以為君獨服[061]此蕙兮,羌[062](ㄑㄧㄤ)無以異於眾芳。

閔[063](ㄇㄧㄣˇ)奇思之不通[064]兮,將去君而高翔。

【譯詩】

以為君王只佩戴蕙草,誰知你待它和其他花一樣。

哀憫奇思難以上達君王,將要離開主上遠飛高翔。

心閔憐之慘悽兮,願一見而有明[065]。

重無怨而生離兮,中結軫[066](ㄓㄣˇ)而增傷。

---

[058] 敷:綻放。
[059] 旖旎:形容繁盛的樣子。
[060] 都房:廣大。
[061] 服:佩戴。
[062] 羌:發語詞。
[063] 閔:同「憫」。
[064] 不通:不能與君王相通。
[065] 有明:自我表明。
[066] 結軫:鬱結沉痛。

【譯詩】

心中憐憫其悽慘模樣,但願見一面說明境況。

一再想著無罪而被生生分離,內心鬱結更增添了悲傷。

豈不鬱陶[067]而思君兮?君之門以九重!

猛犬狺(一ㄣˊ)狺[068]而迎吠(ㄈㄟˋ)兮,關梁閉而不通。

【譯詩】

怎能不憂思君王?君王的大門卻有很多重(阻隔不得而入)!

凶猛的狗衝著人狂吠,關隘橋梁阻塞不通(以阻賢路)。

皇天淫溢而秋霖(ㄌㄧㄣˊ)兮,后土[069]何時而得漧(ㄍㄢ)?

塊[070]獨守此無[071]澤兮,仰浮雲而永嘆!

【譯詩】

上天降下綿綿不斷的秋雨,什麼時候土地才能乾燥呢?

孤身一人守著荒蕪沼澤,仰望著天空的浮雲而長嘆!

---

[067]　鬱陶:形容憂思鬱積。
[068]　狺狺:狗叫聲。
[069]　后土:大地。古代經常把「后土」與「皇天」並稱。
[070]　塊:孤獨。
[071]　無:通「蕪」,荒蕪。

〈九辯〉

【延伸】

　　第四部分,在敘述脈絡上和第二部分呼應。仍然以一個被遺棄的美人的口吻來訴說,說她求愛不成的悲苦。她想傳達衷情,結果卻是「猛犬狺狺而迎吠兮,關梁閉而不通」,得到的結局是門牆森嚴,惡狗守門,不得而入。無奈之際,「塊獨守此無澤兮,仰浮雲而永嘆」,在秋草招搖的荒澤邊,仰天長嘆!這是一幅何等悲戚的畫面。

　　　何時俗之工巧兮?背繩墨而改錯[072]!
　　　卻騏驥[073](ㄑㄧˊ ㄐㄧˋ)而不乘兮,策駑駘[074](ㄋㄨˊ ㄊㄞˊ)而取路。

【譯詩】

　　為何時俗那麼善於投機取巧?違背準繩而改變措施!
　　拋棄駿馬不願騎乘,(竟然)驅策劣馬上路。

　　　當世豈無騏驥兮?誠莫之能善御。
　　　見執轡[075](ㄆㄟˋ)者非其人兮,故駶(ㄐㄩˊ)跳[076]而遠去。

---

[072]　錯:同「措」,措施。
[073]　騏驥:千里馬,比喻賢才。
[074]　駑駘:劣馬,比喻庸劣之人。
[075]　轡:馬韁繩。
[076]　駶跳:跳躍。

【譯詩】

當世難道缺乏駿馬嗎？實在是缺乏擅長駕御的人。

看到執韁繩的人不合適，駿馬也會蹦跳著逃走。

> 鳧（ㄈㄨˊ）雁皆唼[077]（ㄕㄚˋ）夫梁藻（ㄗㄠˇ）兮，鳳愈飄翔而高舉。
>
> 圜（ㄩㄢˊ）鑿而方枘[078]（ㄖㄨㄟˋ）兮，吾固知其鉏鋙[079]（ㄐㄩˇ ㄩˇ）而難入。

【譯詩】

野鴨和大雁都吃高粱水藻，鳳凰卻張開翅膀高高的飛翔。

好比在圓孔安裝方榫頭，我本就知曉它一定相牴觸。

> 眾鳥皆有所登棲（ㄑㄧ）兮，鳳獨遑（ㄏㄨㄤˊ）遑而無所集。
>
> 願銜枚[080]（ㄇㄟˊ）而無言兮，嘗被君之渥（ㄨㄛˋ）洽[081]（ㄑㄧㄚˋ）。

---

[077] 唼：指鳥或魚進食。
[078] 枘：榫頭。
[079] 鉏鋙：同「齟齬」，彼此不合。
[080] 銜枚：古代行軍為防止士兵出聲，每人嘴裡銜著一個小木棍。此處指閉口不言。
[081] 渥洽：深厚的恩澤。

〈九辯〉

【譯詩】

　　所有的鳥都有棲息的巢穴，唯獨鳳凰難以找到安身之處。

　　希望口中銜著東西而無法說話，（但）想到曾受你深厚的恩澤。

太公九十乃顯榮[082]兮，誠未遇其匹合[083]。
謂騏驥兮安歸？謂鳳皇兮安棲？

【譯詩】

　　姜太公九十歲才尊榮，（之前）是未遇到能夠賞識他的人。
　　駿馬啊你將去哪裡？鳳凰啊你將在哪裡棲息？

變古易俗兮世衰，今之相者兮舉肥[084]。
騏驥伏匿[085]（ㄋㄧˋ）而不見兮，鳳皇高飛而不下。

【譯詩】

　　改變古俗且世道日衰，今天的相馬人只看重豐腴的馬匹。
　　駿馬隱匿而看不見，鳳凰高飛而不願降落（人間）。

鳥獸猶知懷德兮，何云賢士之不處？

---

[082]　顯榮：顯貴且榮寵。
[083]　匹合：合適。
[084]　舉肥：挑選馬匹只挑選肥馬，此處諷刺選官者只看重表象。
[085]　伏匿：隱藏。

驥不驟進[086]而求服兮，鳳亦不貪餧[087]（ㄨㄟˋ）而妄（ㄨㄤˋ）食。

【譯詩】

鳳凰與駿馬尚且懷有美德，怎能說賢士不願留在有德的朝堂？

駿馬不急於快跑而駕車，鳳凰不貪餵食而亂吃東西。

君棄遠而不察兮，雖願忠其焉得？
欲寂漠[088]而絕端兮，竊不敢忘初之厚德。
獨悲愁其傷人兮，馮[089]（ㄆㄧㄥˊ）鬱郁其何極？

【譯詩】

君王疏遠賢士卻不覺悟，雖然想盡忠又該如何實現？

想悄悄的與君王斷絕聯繫，私下不敢忘記早年的恩遇。

獨自悲傷最傷人，悲憤鬱積什麼時候才能結束？

【延伸】

第五部分，這部分內容直接模仿屈原的〈離騷〉和〈涉江〉，說姜太公九十歲才得以施展才能，但並未直接論及國家形勢，主要突顯寒士不被任用的悲哀。「君棄遠而不察兮，雖

---

[086]　驟進：快速前進。
[087]　貪餧：貪戀投餵。
[088]　寂漠：同「寂寞」，指自甘寂寞。
[089]　馮：內心憤懣。

〈九辯〉

願忠其焉得？」詩人認為如果寒士得以任用，即便像姜太公那樣到了九十歲，也還是能建功立業。如果不被任用，就只能「憑鬱郁其何極」，鬱結心中的悲憤，就不知道該如何排解了。

> 霜露慘悽而交下兮，心尚幸[090]其弗（ㄈㄨˊ）濟[091]。
> 霰[092]（ㄒㄧㄢˋ）雪雰（ㄈㄣ）糅（ㄖㄡˇ）其增加兮，乃知遭命之將至。

【譯詩】

寒霜與涼露摻雜多麼淒涼，心中還希望它們不會成功。
冰雹和雪花紛雜交加，才知道糟糕的命運就要到了。

> 願徼（ㄐㄧㄠˇ）幸[093]而有待兮，泊[094]莽（ㄇㄤˇ）莽與壄（ㄧㄝˇ）草同死。
> 願自往而徑遊兮，路壅（ㄩㄥ）絕[095]而不通。

【譯詩】

懷著僥倖有所期待，（願）在荒野中和野草一起枯榮。
想自己前去暢遊一番，但道路卻壅塞不通。

---

[090] 幸：希冀。
[091] 濟：成功。
[092] 霰：雪珠。
[093] 徼幸：同「僥倖」。
[094] 泊：止。
[095] 壅絕：堵塞。

欲循道而平驅兮,又未知其所從。
然中路而迷惑兮,自壓桉[096](ㄢˋ)而學誦[097]。

【譯詩】

想循著大路平穩的前進,但又不知道何去何從。
走到中途就迷惑不解,自我壓抑著去學習詩歌。

性愚陋以褊(ㄅㄧㄢˇ)淺[098]兮,信未達乎從容。
竊(ㄑㄧㄝˋ)美申包胥[099](ㄒㄩ)之氣盛兮,恐時世之不固。

【譯詩】

天性鄙陋狹隘,確實不知道該有怎樣的舉動。
暗自讚頌申包胥的膽氣,恐怕世道已和往時不同。

何時俗之工巧兮?滅規矩而改鑿。
獨耿(ㄍㄥˇ)介[100]而不隨兮,願慕先聖之遺教[101]。

---

[096]　壓桉:壓抑。桉,通「按」。
[097]　學誦:指學習誦讀《詩經》。
[098]　褊淺:狹隘、淺薄。
[099]　申包胥:春秋時楚國大夫。
[100]　耿介:正直,不同於流俗。
[101]　遺教:遺風。

〈九辯〉

【譯詩】

為何時下的風氣是投機取巧？毀壞規矩改換法度。
獨立耿介而不隨波逐流，希望追隨先哲的遺風。

> 處濁世而顯榮兮，非余心之所樂。
> 與其無義而有名兮，寧窮處[102]而守高[103]。

【譯詩】

在汙濁的世界裡榮升顯貴，不能讓我的內心快樂。
與其無義而聲名顯著，（我）寧願仕途不暢而保持清高。

> 食不媮[104]（ㄩˊ）而為飽兮，衣不苟而為溫。
> 竊慕詩人之遺風兮，願託志乎素餐[105]。

【譯詩】

吃東西不苟且求得飽腹就行，穿衣服不苟且求得暖身就好。
私下追慕詩人的遺風，以無功不食祿寄託胸懷。

> 蹇（ㄐㄧㄢˇ）充倔[106]而無端兮，泊莽莽而無垠。

---

[102] 窮處：指不當官。
[103] 守高：堅守高尚的品行。
[104] 媮：苟且。
[105] 素餐：本義為不勞而食，此處指粗茶淡飯。
[106] 充倔：斷絕阻塞。

無衣裘（ㄑㄧㄡˊ）以御冬兮，恐溘[107]（ㄎㄜˋ）死不得見乎陽春。

【譯詩】

　　引薦斷絕無路可走，流浪在茫茫無邊的原野。
　　沒有皮裘來抵禦寒冬，恐怕忽然死去見不到春天了。

　　靚[108]（ㄐㄧㄥˋ）杪（ㄇㄧㄠˇ）秋[109]之遙夜兮，心繚悷[110]（ㄌㄧㄠˊ ㄌㄧˋ）而有哀。
　　春秋逴（ㄔㄨㄛˋ）逴[111]而日高兮，然惆悵而自悲。

【譯詩】

　　寂靜暮秋的漫長夜晚，心中纏繞著深深的哀傷。
　　歲月匆匆年齡漸老，就這樣惆悵而自感傷情。

　　四時遞（ㄉㄧˋ）來而卒歲兮，陰陽不可與儷（ㄌㄧˋ）偕[112]。
　　白日晼（ㄨㄢˇ）晚[113]其將入兮，明月銷鑠（ㄒㄧㄠ ㄕㄨㄛˋ）而減毀。

---

[107]　溘：突然。
[108]　靚：通「靜」，平和。
[109]　杪秋：晚秋。
[110]　繚悷：憂思纏繞。
[111]　逴逴：高遠的樣子。
[112]　儷偕：協同。
[113]　晼晚：日暮光線暗淡。

025

〈九辯〉

【譯詩】

　　四季交替又是一年將盡，日月不會協同一起升上天空。
　　白天的太陽將要落山，月亮也殘缺而減少了光輝。

　　　歲忽忽而遒（ㄑㄧㄡˊ）盡兮，老冉冉而愈弛[114]。
　　　心搖悅而日幸兮，然怊（ㄔㄠ）悵[115]而無冀[116]。

【譯詩】

　　歲月匆匆將盡，衰老將至越發鬆懈。
　　內心喜悅每天懷著僥倖，但總是充滿憂慮而失去希冀。

　　　中憯惻（ㄘㄢˇ　ㄘㄜˋ）之悽愴兮，長太息而增欷（ㄒㄧ）。
　　　年洋洋以日往兮，老嵺（ㄌㄧㄠˊ）廓[117]（ㄎㄨㄛˋ）而無處。
　　　事亹（ㄨㄟˇ）亹而覬[118]（ㄐㄧˋ）進[119]兮，蹇淹留而躊躇（ㄔㄡˊ　ㄔㄨˊ）。

【譯詩】

　　心中萬分悲涼悽然欲絕，長長的嘆息又增加了唏噓。

[114]　弛：精力不濟。
[115]　怊悵：惆悵。
[116]　冀：希望。
[117]　嵺廓：同「寥廓」。
[118]　覬：企圖、希望。
[119]　進：進取。

時光像水一樣日漸流失，老來倍感沒有寄身的處所。

不斷行進希望得到，行走困難停留而徘徊不前。

【延伸】

第六部分，著重描述霜露霰雪，說明已經到了深秋，冬天就要來臨。季節不會等人，同樣的，歲月也不會等人。寒士失意，儘管懷著一種僥倖的心情，但是這種無望的期待仍然持續。「無衣裘以御冬兮，恐溘死不得見乎陽春」，冬季來臨，能否熬過嚴冬？從悲秋到畏懼嚴冬，寒士的心情更加迫切，也更加悽苦。

何氾濫（ㄈㄢˋ ㄌㄢˋ）之浮雲兮？猋[120]（ㄅㄧㄠ）廱（ㄩㄥ）蔽此明月。

忠昭昭而願見兮，然霠[121]（ㄧㄣ）曀[122]（ㄧˋ）而莫達。

【譯詩】

為何浮雲密布天空？迅速地遮蔽明月。

忠心耿耿願有貢獻，但濃雲陰風阻礙難以達到。

願皓日之顯行兮，雲濛濛而蔽之。

竊不自料而願忠兮，或[123]黕[124]（ㄉㄢˇ）點而汙之。

---

[120] 猋：本義為狗奔跑的樣子，此處形容飛快。
[121] 霠：同「陰」，烏雲蔽日。
[122] 曀：天陰且颳風。
[123] 或：有人。
[124] 黕：汙垢。

027

〈九辯〉

【譯詩】

　　祈願明亮的太陽在空中照耀，濛濛烏雲卻把它遮蔽。
　　不自思量只想效忠，竟有人用汙言穢語詆毀我。

　　堯舜（一ㄠˊ ㄕㄨㄣˋ）之抗行[125]兮，瞭（ㄌㄧㄠˇ）冥冥而薄天。
　　何險巇[126]（ㄒㄧ）之嫉妒兮？被以不慈之偽名。

【譯詩】

　　堯舜二帝的高尚德行，幽遠的可與蒼天同高。
　　為何遭險惡佞人的嫉妒？蒙受不孝不賢的虛假罪名。

　　彼日月之照明兮，尚黯（ㄢˋ）黮[127]（ㄊㄢˇ）而有瑕[128]（ㄒㄧㄚˊ）。
　　何況一國之事兮，亦多端而膠加[129]。

【譯詩】

　　即便是日月普照，尚且有黯淡顯現陰影的時候。
　　何況一個國家的政事，也有多種頭緒纏繞不清。

---

[125]　抗行：高尚德行。
[126]　險巇：崎嶇險惡，這裡指奸險的小人。
[127]　黯黮：昏暗不明。
[128]　瑕：本義為玉上的斑點，此處指人的缺點。
[129]　膠加：乖戾、糾纏不清。

【延伸】

第七部分,歲月流逝令寒士感傷,詩中對秋夜、浮雲遮月、陰雲蔽日的描寫,都加強了歲月不停留,一事無成的感慨力度。

> 被荷裯[130](ㄔㄡˊ)之晏晏[131]兮,然潢(ㄏㄨㄤˊ)洋而不可帶。
> 既驕美而伐[132]武兮,負左右之耿(ㄍㄥˇ)介。

【譯詩】

披著荷葉短衣多麼盛美,但太寬太鬆難以穿戴。
君王誇耀自己的懿德和勇武,辜負了賢臣的忠心。

> 憎[133](ㄗㄥ)慍惀[134](ㄅㄨㄣˇ)之修美兮,好夫人之慷慨。
> 眾踥蹀[135](ㄑㄧㄝˋ ㄅㄧㄝˊ)而日進兮,美超遠而逾邁(ㄩˊ ㄇㄞˋ)。

---

[130]　裯:貼身的短衣。
[131]　晏晏:形容鮮明柔軟。
[132]　伐:自我誇耀。
[133]　憎:憎恨。
[134]　慍惀:心中有所想但不善於表達。
[135]　踥蹀:小步奔走。

〈九辯〉

【譯詩】

憎恨心中有所想卻不善表達的美德,喜歡那些巧言令色、大言不慚的人。

群奸小步行走而越發得志,賢能之人更加疏遠而遠離。

農夫輟(ㄔㄨㄛˋ)耕而容與兮,恐田野之蕪穢[136](ㄨˊㄏㄨㄟˋ)。

事綿綿而多私[137]兮,竊悼(ㄉㄠˋ)後之危敗。

【譯詩】

農夫中止耕作而逍遙自在,恐怕田野會荒蕪。

事情瑣碎而充滿私慾,暗自哀痛後面的危險和失敗。

世雷同而炫(ㄒㄩㄢˋ)曜[138](一ㄠˋ)兮,何謷譽(ㄏㄨㄟˇㄩˋ)之昧昧!

今修飾而窺(ㄎㄨㄟ)鏡兮,後尚可以竄藏[139]。

【譯詩】

世人附和而互相誇耀,為何是非不分!

現在認真打扮而照鏡子,以後尚可以潛伏逃匿。

---

[136] 蕪穢:雜草叢生,土地荒廢。
[137] 多私:私慾過甚。
[138] 炫曜:誇耀。
[139] 竄藏:潛伏、逃匿。

願寄言夫流星兮，羌（ㄑㄧㄤ）儵（ㄕㄨˋ）忽[140]而難當。

卒壅（ㄩㄥ）蔽此浮雲，下暗漠[141]而無光。

【譯詩】

願託流星當使者傳話，它飛掠迅速難以遇到。

最終被浮雲所遮蔽，下界黑暗而沒有光明。

堯舜皆有所舉任兮，故高枕而自適。

諒[142]無怨於天下兮，心焉取此怵惕[143]（ㄔㄨˋ ㄊㄧˋ）？

【譯詩】

堯舜二帝都能任用賢士，所以可以舒適的高枕無憂。

誠然沒有和天下人結怨，心中為何如此驚懼警惕？

乘（ㄔㄥˊ）騏驥之瀏（ㄌㄧㄡˊ）瀏兮，馭安用夫強策？

諒城郭之不足恃（ㄕˋ）兮，雖重介[144]之何益？

---

[140] 儵忽：形容速度很快。儵，同「倏」。
[141] 暗漠：暗淡。
[142] 諒：的確。
[143] 怵惕：驚懼。
[144] 介：鎧甲。

031

〈九辯〉

邅[145]（ㄓㄢ）翼翼[146]而無終兮，忳（ㄊㄨㄣˊ）惛（ㄏㄨㄣ）惛而愁約[147]。

【譯詩】

騎著駿馬像流水一樣通行無阻，駕馭之道豈須用強而有力的馬鞭？

推想城牆不足以依賴，那麼厚重的鎧甲又有什麼用？

小心謹慎徘徊不前沒結束，憂鬱煩悶精神昏暗而悲苦。

【延伸】

第八部分，集中解析詩人的悲哀，並用農田失去農夫的耕作而荒蕪的譬喻。國家失人，則會導致小人上臺、奸佞當道、朝政混亂。想到小人得志，誠臣遭受排擠，詩人的情緒「邅翼翼而無終兮，忳惛惛而愁約」，愁悶依然。

生天地之若過[148]兮，功不成而無效。
願沉滯[149]（ㄓˋ）而不見兮，尚欲布名乎天下。

【譯詩】

（人）生天地之間如同過客，功業不成功而沒有成績。

打算埋沒於亂世而不現身，又想名流天下。

[145]　邅：難以前行而不前。
[146]　翼翼：形容小心謹慎。
[147]　愁約：悲愁困苦。
[148]　若過：形容時間過得快。
[149]　沉滯：壓制而埋沒。

然潢（ㄏㄨㄤˊ）洋而不遇兮，直恂愁[150]（ㄎㄡˇ ㄇㄠˇ）而自苦。

　　莽（ㄇㄤˇ）洋洋而無極[151]兮，忽翱（ㄠˊ）翔之焉薄？

【譯詩】

　　無所依附聖君難逢，真是愚昧不改反倒苦了自己。

　　原野寬廣看不到盡頭，忽然迴旋翱翔能去哪裡呢？

　　國有驥而不知乘（ㄔㄥˊ）兮，焉皇皇[152]而更索？

　　甯戚[153]謳（ㄡ）於車下兮，桓公聞而知之。

【譯詩】

　　國有駿馬卻不知道乘騎，反而匆匆忙忙的到處尋求？

　　甯戚在馬車下歌唱，齊桓公聽了就知道他是賢士。

　　無伯樂之相善兮，今誰使乎譽之？

　　罔[154]（ㄨㄤˇ）流涕以聊慮兮，惟著意而得之。

　　紛純（ㄔㄨㄣˊ）純[155]之願忠兮，妒被（ㄆㄧ）離而鄣（ㄓㄤ）之。

---

[150]　恂愁：愚昧。
[151]　極：邊際、盡頭。
[152]　皇皇：同「惶惶」。
[153]　甯戚：春秋時衛國人，後得到齊桓公重用，成為齊國大夫，是齊桓公的重臣。
[154]　罔：同「惘」。
[155]　純純：忠誠、誠摯的樣子。

033

〈九辯〉

【譯詩】

沒有伯樂這位善於相馬的人,今又有誰衡量良馬的價值?
惆悵失意而流淚思慮,唯有閉目自修才能得到。
誠摯專心竭盡忠誠,遭到嫉妒而被分散遮蔽。

【延伸】

第九部分,以駿馬未被賞識的現實、桓公識得甯戚的賢才作對比,加深國家任用小人的悲怨,但悲怨之後,又擦乾淚水,閉目自修。但這種自修終究不是改變現實的方法,「失人」的現狀依舊存在。寒士抒懷,不過是幻想罷了,秋天的寒意,依舊盤踞在寒士的心頭沒有消散。

> 願賜不肖之軀而別離兮,放遊志乎雲中。
> 乘(ㄔㄥˊ)精氣之摶(ㄊㄨㄢˊ)摶[156]兮,騖[157](ㄨˋ)諸神之湛湛。

【譯詩】

請(君王)恩賜不賢的我離開,任意遊蕩在雲中。
駕乘著天地間的環形精氣,追求諸神厚重的遺風。

---

[156] 摶摶:團團,形容凝聚如團。
[157] 騖:奔馳。

驂（ㄘㄢ）白霓（ㄋㄧˊ）之習習[158]兮，歷群靈之豐豐[159]。

左朱雀之茇（ㄅㄟˋ）茇[160]兮，右蒼龍之躣（ㄑㄩˊ）躣。

【譯詩】

白虹為力役駕車飛行，經過諸神的一個個宮殿。

朱雀在左邊御風飛翔，蒼龍在右面蜿蜒飛馳。

屬雷師之闐（ㄊㄧㄢˊ）闐兮，通飛廉之衙（ㄧㄚˊ）衙[161]。

前輊（ㄓˋ）輬[162]（ㄌㄧㄤˊ）之鏘（ㄑㄧㄤ）鏘兮，後輜[163]（ㄗ）乘（ㄔㄥˊ）之從從。

【譯詩】

雷神發出轟轟之鳴為之引導，風神用清風把道路開通。

輕車在前面鏘鏘作響，輜車在後面轔轔而鳴。

---

[158] 習習：形容頻頻飛動。
[159] 豐豐：眾多。
[160] 茇茇：形容輕快的飛翔。
[161] 衙衙：行進的樣子。
[162] 輬：臥用馬車。
[163] 輜：重型馬車，有車蓋的載重車。

035

〈九辯〉

載雲旗之委蛇[164]（ㄨㄟ ㄧˊ）兮，扈[165]（ㄏㄨˋ）屯騎[166]之容容。

計專專之不可化兮，願遂推而為臧（ㄗㄤ）。

賴皇天之厚德兮，還及君[167]之無恙。

【譯詩】

載著雲旗彎曲飄揚，護衛騎兵有節奏的前行。
內心的志向專一而不更改，願最終推及而建善功。
仰仗上天的深厚恩德，希望君王安然無恙。

【延伸】

　　第十部分，這是全詩的總結。悲秋的主題到此已經結束，但悲秋並未了結。詩人透過浪漫的想像，使悲秋的主題昇華，他的靈魂離開軀殼，上遊天穹。穿過天宇裡的日月精氣，駕馭白虹，成為天上諸神的主宰。朱雀、蒼龍、雷神、風神都聽從他的差遣，大隊的扈從和隨駕在身後，悠遊而體面。寒士之貧轉而成為大貴，出現一個歡樂的結尾。但這只能是幻想，幻想和現實之間的差距，在這種對比下更加強烈。

---

[164]　委蛇：同「逶迤」。
[165]　扈：扈從，護衛。
[166]　屯騎：聚集車騎。
[167]　君：指楚國君主。

〈招魂〉

【作者及作品】

　　關於這首詩的作者，歷來充滿爭議。漢代學者王逸認為，此詩的作者是宋玉，是為招屈原之魂而作。南朝梁昭明太子蕭統編《文選》，也認可這個說法。後世學者如朱熹、王夫之，也認同此說。第二種則認為，此詩為屈原所作，即屈原為自己招魂。就像有人在活著的時候，就為自己起草好墓誌銘，也可以備一說。

　　宋玉，字子淵，後世往往把屈原和宋玉並列，如劉勰《文心雕龍》說：「自九懷以下，遽躅其跡，而屈宋逸步，莫之能追」，將屈原和宋玉放在同等地位。

　　「招魂」是中國古老的祭祀方式，在楚地尤其盛行，至今在部分地區依舊存在，招魂的內容、方式都十分近似。招魂的悼詞，便是最早的詩歌內容之一。古人認為，人死之後魂魄不散，忠臣烈士更是英靈不滅，只有回到故土才能獲得安慰，所以便產生了招魂儀式。

　　詩中詳細寫招魂的場景，其中，亡人的衣服是招魂的必備之物，通常裝在精緻的竹籠裡，竹籠外面還遮蓋著罩帕，可能是避免見光，巫師提著竹籠上的懸索，倒退著行走，邊走邊發出長長的呼喚：「魂兮歸來！」那聲音彷彿一陣悲歌，又像是

〈招魂〉

呼嘯，在四野之間飄蕩，聞者無不精神震盪。「招魂歌」所傳達的，絕不只是悲傷，而是精神的洗禮。

> 朕[168]（ㄓㄣˋ）幼清以廉潔（ㄌㄧㄢˊ ㄐㄧㄝˊ）兮，身服[169]義而未沬（ㄇㄟˋ）。
> 主[170]此盛德兮，牽於俗而蕪穢（ㄨˊ ㄏㄨㄟˋ）。

【譯詩】

我從小清白廉潔，親自行仁義而未昏昧。
堅持美德，牽連於世俗但未汙染。

> 上[171]無所考此盛德兮，長離[172]殃[173]（ㄌㄧˊ ㄧㄤ）而愁苦。
> 帝告巫陽[174]（ㄨ ㄧㄤˊ）曰：「有人在下，我欲輔之。

【譯詩】

君王不重視我的美德，長期遭受禍害而痛苦。
天帝召見大祭司巫陽說：「有人在下界，我想幫助他。

---

[168] 朕：我，第一人稱代詞。
[169] 服：踐行。
[170] 主：固守。
[171] 上：上天。一說指楚王。
[172] 離：通「罹」，遭遇。
[173] 殃：禍患。
[174] 巫陽：古代神話中的巫師。

> 魂魄（ㄏㄨㄣˊ ㄆㄛˋ）離散，汝筮（ㄕˋ）予之。」
> 巫陽對曰：「掌夢[175]（ㄇㄥˋ），上帝其難從。」
> 「若[176]必筮予之，恐後之謝，不能復用。」

【譯詩】

他即將魂飛魄散，你占卜將靈魂還給他。」

巫陽回話說：「這是掌夢人的事，大帝你的命令我難以遵從。」

「你必須占卜將靈魂還給他，恐怕晚了就魂散，無法生效了。」

【延伸】

以上是詩歌的第一部分，以天帝和大祭司巫陽對話的方式，交代招魂的原因。

> 巫陽焉乃[177]下招曰：「魂兮歸來！
> 去君之恆幹，何為四方些[178]（ㄙㄨㄛˋ）？
> 舍君之樂處，而離[179]彼不祥些！

---

[175] 掌夢：執掌夢的官。
[176] 若：你，指巫陽。
[177] 焉乃：於是。
[178] 些：語尾助詞。
[179] 離：同「罹」，遭遇。

〈招魂〉

【譯詩】

巫陽於是去下界招魂:「魂魄回來吧!
你跟軀體分開,何苦四方遊蕩?
離開了安樂之處,卻去遭受災禍!

> 魂兮歸來!東方不可以託些。
> 長人[180]千仞[181],唯魂是索些。
> 十日代出,流金鑠(ㄕㄨㄛˋ)石些。
> 彼皆習之,魂往必釋些。
> 歸來兮!不可以託些。

【譯詩】

魂魄回來吧!東方不能寄居。
巨人族身高八百丈,專門抓人的魂魄。
十個太陽交替升起,金石都熔化了。
他們習慣了環境,你的魂去了必定消散。
回來吧!不能寄居在那裡。

> 魂兮歸來!南方不可以止些。
> 雕(ㄉㄧㄠ)題黑齒[182],得人肉以祀(ㄙˋ),以其骨為

---

[180]　長人:巨人,高大的人。
[181]　仞:古代長度單位,周制以八尺為一仞,漢制以七尺為一仞。
[182]　黑齒:南方的一些部落將牙齒染黑。

醢[183]（ㄏㄞˇ）些。

蝮（ㄈㄨˋ）蛇蓁（ㄓㄣ）蓁[184]，封狐[185]千里些。

雄虺[186]（ㄏㄨㄟˇ）九首，往來儵（ㄕㄨˋ）忽，吞人以益其心些。

歸來兮！不可以久淫（ㄧㄣˊ）些。

【譯詩】

魂魄回來吧！南方不可以停歇。

蠻族額頭刺青塗黑牙齒，用人肉來祭祀，把人骨碎成泥。

巨蟒匯聚滿地，巨狐奔跑千里。

九頭毒蛇，來去如電，吃人以滿足牠們的貪心。

回來吧！不要長久的遊蕩。

魂兮歸來！西方之害，流沙千里些。

旋入雷淵[187]，靡[188]（ㄇㄧˊ）散而不可止些。

幸而得脫，其外曠宇些。

赤蟻若象，玄蜂（ㄈㄥ）若壺[189]些。

五穀不生，藂（ㄘㄨㄥˊ）菅[190]（ㄐㄧㄢ）是食些。

---

[183] 醢：肉醬。
[184] 蓁蓁：積聚的樣子。
[185] 封狐：大狐。
[186] 虺：大蛇。
[187] 雷淵：古水名。
[188] 靡：粉末。
[189] 壺：通「瓠」，葫蘆。
[190] 菅：野草名

〈招魂〉

其土爛人,求水無所得些。

彷徉(ㄆㄤˊ ㄧㄤˊ)無所倚,廣大無所極些。

歸來兮!恐自遺賊[191]些。

【譯詩】

魂魄回來吧!西方有大災害,方圓千里都是流沙大漠。

捲入恐怖的雷淵,粉身碎骨而不能停止。

即便幸而脫身,四處也是荒涼戈壁。

紅色的螞蟻像大象一般,黑色的蜂像葫蘆一樣大。

五穀不能生長,叢生的茅草充當食糧。

沙土讓人腐爛,找尋水源全無所得。

徬徨無所依靠,廣大而沒有盡頭。

回來吧!不要自招災禍。

魂兮歸來!北方不可以止些。

增[192](ㄘㄥˊ)冰峨(ㄜˊ)峨,飛雪千里些。

歸來兮!不可以久些。

【譯詩】

魂魄回來吧!北方不能停留。

層層冰山巍峨雄壯,方圓千里大雪飄飛。

回來吧!不要停留。

---

[191]　賊:殘害。
[192]　增:通「層」,厚積的樣子。

魂兮歸來！君無上天些。
虎豹九關[193]，啄害下人些。
一夫九首，拔木九千些。
豺狼從[194]（ㄗㄨㄥˋ）目，往來侁（ㄕㄣ）侁[195]些。
懸人以娭[196]（ㄒㄧ），投之深淵些。
致命[197]於帝，然後得瞑（ㄇㄧㄥˊ）些。
歸來！往恐危身些。

【譯詩】

魂魄回來吧！你也別去天上。
虎豹把守著九座天門，專門吃下界來的人。
還有一個九頭妖怪，力拔九千棵樹。
豺狼豎著眼睛，成群結隊的走來走去。
把人懸吊取樂，然後丟進深淵裡。
向天帝請命，然後才會閉上眼睛。
回來吧！去了恐怕會危害性命。

---

[193]　九關：九重門。
[194]　從：同「縱」，眼睛豎長，形容狼眼。
[195]　侁侁：眾多、行走的樣子。
[196]　娭：同「嬉」，玩耍。
[197]　致命：傳話、傳達命令。

〈招魂〉

魂兮歸來！君無下此幽都[198]些。

土伯[199]九約[200]，其角觺（一ˊ）觺[201]些。

敦（ㄅㄨㄣ）脄[202]（ㄇㄟˊ）血拇，逐人駓（ㄆㄧ）駓[203]些。

參[204]目虎首，其身若牛些。

此皆甘人[205]，歸來！

恐自遺災些。

【譯詩】

魂魄回來吧！你也不要去地下的幽都城。
土伯神矛戈鋒利，祂的長角銳利如刀。
厚背而血爪，追逐著人到處奔跑。
虎頭三眼，長著像牛一樣的身體。
所有這些怪獸都以人肉為甘美，回來吧！
恐怕會自招災禍。

[198] 幽都：上古指北方極地，太陽降落於那裡。此處指鬼神統治的冥界。
[199] 土伯：統領冥界的神。
[200] 約：或說為一種武器，另說肚子上的肉。
[201] 觺觺：尖利的樣子。
[202] 敦脄：厚背。
[203] 駓駓：形容跑的快。
[204] 參：同「三」。
[205] 甘人：以食人為美味。

魂兮歸來！入修門[206]些。
工祝[207]招君，背行[208]先些。
秦篝[209]（《又）齊縷[210]，鄭綿絡[211]些。
招具[212]該備，永[213]嘯呼些。
魂兮歸來！反[214]故居些。

【譯詩】

魂魄回來吧！從故都的修門進來。

巫師引導你，倒退著引領你。

秦國的竹籠、齊國的絲線，鄭國的罩網覆蓋籠子。

招魂的器具齊備，長久的呼喚你。

魂魄回來吧！返回到故居來。

【延伸】

以上是詩歌的第二部分，詳寫了祭司巫陽招魂的內容，東、南、西、北、天界、幽冥都不可以寄身。這部分內容不但是一首古老的祭祀詩歌，還保留了大量的先民神話和傳說。如

---

[206] 修門：楚國都城郢都的門。
[207] 工祝：指巫師。
[208] 背行：倒退著行走，引導靈魂。
[209] 秦篝：秦國以盛產竹籠而聞名，此處指裝著招魂者衣物的籠子。
[210] 齊縷：齊國以產絲線馳名，此處指裝飾「篝」的絲線。
[211] 鄭綿絡：鄭國產的絲棉織品，覆蓋「篝」來。
[212] 招具：招魂用具，與「秦篝」、「齊縷」、「鄭綿絡」類同。
[213] 永：長。
[214] 反：同「返」。

045

〈招魂〉

詩中所寫的東方之地居住著巨人族,那裡炎熱如火,九個太陽輪番照射,金屬和石頭都熔化了,人到了哪裡很快就會魂飛魄散,消於無形。天門的守護者是虎豹和九頭怪,當然,在很多民族的神話中,門戶的看守者都是猛獸或多目怪,如北歐神話裡的地獄犬加姆(Garm),希臘神話中的看門犬克爾柏洛斯,牠們凶惡、醜陋無比,但同時又象徵靈魂的拷問者。

肉體會凋零,靈魂也會迷失。為了讓英靈回歸故土,避免迷失於四方,詩人將四方和天界幽冥的恐怖之境都描述了一遍,彷彿是發出警告。文學意義上的招魂,實際上是呼喚精神的回歸。而在世俗世界,通常精神世界先沉淪,然後現實王國才崩潰。無論是荷馬(Homer)「史詩」中在海上歷險十年的英雄奧德修斯(Ulysses),還是希臘神話中被困迷宮島的代達羅斯父子,都千方百計的要回到自己的故鄉,因為那是精神家園。

詩中所寫的土伯,不見於其他中國的神話文字,完全是一個特例,已經看不到完整、更多的內容,我們只能透過這有限的幾句詩中的訊息去聯想。土伯是一個頭生利角,背脊有很厚的皮肉,虎頭三眼,兩爪沾染人血,到處追著人跑的怪物,這個形象和希臘神話中的牛頭怪米諾陶洛斯(Minotaurus)十分相近,充滿了象徵意味。幽冥之地,就像代達羅斯(Taitale)在克里特島修建的迷宮,都是迷失的象徵,在這裡,人要麼成為獻祭的犧牲品,要麼永遠在迷陣中遊蕩。只有充滿智慧

的人，才能為自己插上精神羽翼。就像代達羅斯和伊卡洛斯（Icarus）父子倆，用羽毛為自己製造一個能飛的翅膀，飛出了困境，只是伊卡洛斯忘記了父親的警告，飛得距離太陽太近，用羽毛黏接的翅膀熔化，墜入大海淹死了。這是從一種迷失，到另一種迷失。天地四方，固然廣大，但都無法免於迷失。無疑，〈招魂〉中的故土，不止是地理意義上的故鄉，更是精神家園。

> 天地四方，多賊奸些。
> 像設[215]君室，靜閒安些。
> 高堂邃（ㄙㄨㄟˋ）宇，檻[216]層軒[217]些。
> 層臺累榭（ㄒㄧㄝˋ），臨高山些。

【譯詩】

天上地下四方各處，多是禍害奸邪之物。
在放置靈位的靜室，安靜閒適。
高大的殿堂深深的屋宇，欄杆屋廊層疊。
高臺樓閣，依山而建。

---

[215] 像設：陳設遺容畫像。
[216] 檻：欄杆。
[217] 軒：屋廊。

〈招魂〉

網戶[218]朱綴[219]，刻方連[220]些。

冬有突[221]（一ㄠˇ）廈，夏室寒些。

川谷徑復，流潺湲（ㄔㄢˊ ㄩㄢˊ）些。

光風轉蕙（ㄏㄨㄟˋ），氾（ㄈㄢˋ）崇[222]蘭些。

【譯詩】

硃紅色大門飾網紋，雕鏤方形圖案。

冬天有深暖的房屋，夏天有清涼的廳堂。

溪谷的水曲折往復，流動的水聲淙淙。

晴天的風吹著花草，叢叢蘭花在風中搖曳。

經堂入奧[223]，朱塵筵[224]（一ㄢˊ）些。

砥（ㄉㄧˇ）室[225]翠翹[226]，掛曲瓊[227]些。

翡翠珠被，爛齊光[228]些。

蒻（ㄖㄨㄛˋ）阿[229]拂壁，羅幬[230]（ㄔㄡˊ）張些。

---

[218] 網戶：有花紋的門戶。
[219] 朱綴：朱紅裝飾。
[220] 方連：方形裝飾圖案。
[221] 突：隱密幽深的地方。
[222] 崇：通「叢」。
[223] 奧：內室的西南角。
[224] 塵筵：鋪地竹席。
[225] 砥室：平整的居室，地面如同磨刀石一樣。
[226] 翠翹：翠鳥的長羽毛。
[227] 曲瓊：玉鉤。
[228] 齊光：光彩輝映。
[229] 蒻阿：細軟的繒布。
[230] 幬：帳子。

【譯詩】

從大廳進入內室,坐席被紅紗隔開。

平壁上裝飾著翠翎,彎曲的掛鉤上懸著衣服。

翡翠色的被子裝飾明珠,閃爍璀璨的光華。

蒲草和細布飾牆,帳幔張開排布。

  纂[231](ㄗㄨㄢˇ)組綺[232]縞(ㄑㄧˇ ㄍㄠˇ),結琦(ㄑㄧˊ)璜[233](ㄏㄨㄤˊ)些。

  室中之觀,多珍怪些。

  蘭膏[234](ㄍㄠ)明燭,華容備些。

  二八侍宿,射[235](ㄧˋ)遞代些。

【譯詩】

紅白色的帶子和織物,連綴的珍貴玉器。

內室的陳設,都是世所稀見的。

充滿香氣的明亮火燭,華美而富麗。

妙齡女子服侍起居,輪流侍候朝暮。

---

[231] 纂:紅色絲帶。
[232] 綺:帶花紋的絲織品。
[233] 琦璜:泛指美玉。
[234] 蘭膏:有香氣的油脂。
[235] 射:厭倦。

〈招魂〉

九侯[236]淑女，多迅[237]眾些。

盛鬋[238]（ㄐㄧㄢ）不同制，實滿宮些。

容態好比，順彌（ㄇㄧˊ）代[239]些。

弱顏[240]固植[241]，謇[242]（ㄐㄧㄢˇ）其有意些。

【譯詩】

如同九侯選送的美人，盛多而美麗。

鬢髮豔麗而髮型不同，站滿了宮廷。

容顏舉止姣好，柔順且可人。

外貌柔弱內心堅貞，儀態嬌媚。

姱[243]（ㄎㄨㄚ）容修態，絙[244]（ㄍㄥˋ）洞房些。

蛾眉曼睩[245]（ㄌㄨˋ），目騰光些。

靡（ㄇㄧˊ）顏膩理[246]，遺視矊[247]（ㄇㄧㄢˊ）些。

離榭（ㄒㄧㄝˋ）修幕，侍君之閒些。

[236] 九侯：殷商時期諸侯，此處泛指諸侯。
[237] 多迅：盛多的樣子。
[238] 盛鬋：鬢髮好看。鬋，垂下來的鬢髮。
[239] 彌代：蓋世。
[240] 弱顏：形容容顏柔嫩。
[241] 固植：內心堅貞。
[242] 謇：發語詞。
[243] 姱：美好。
[244] 絙：通「亙」，綿延。
[245] 睩：視。曼睩形容注視時美麗的樣子。
[246] 理：肌膚。
[247] 矊：形容含情脈脈的樣子。

【譯詩】

　　美好的容貌修長的身段,排列在深深的內室。
　　揚起長長的眉毛眼波婉轉,流盼的目光動人。
　　細膩而光滑的皮膚,目光久久凝視遠方。
　　樓臺水榭懸著帷幕,侍候你輕熟而安靜。

　　　翡帷翠帳,飾高堂些。
　　　紅壁沙版[248],玄玉梁些。
　　　仰觀刻桷[249](ㄐㄩㄝˊ),畫龍蛇些。
　　　坐堂伏檻(ㄐㄧㄢˋ),臨曲池些。

【譯詩】

　　碧翠的帷帳,裝飾高大的廳堂。
　　丹砂和土裝飾牆壁板,黑色的美玉裝飾屋梁。
　　仰視屋頂刻花的椽子,畫滿了龍蛇圖案。
　　坐在堂下的欄杆前,臨近弧形的清池。

　　　芙蓉始發,雜芰(ㄐㄧˋ)荷[250]些。
　　　紫莖屏風[251],文[252]緣波些。

---

[248]　沙版:用丹砂裝飾的隔板。
[249]　桷:方形的椽子。
[250]　芰荷:菱角與荷葉。
[251]　屏風:指水葵。
[252]　文:同「紋」,指水生植物的紋理。

〈招魂〉

文異豹飾[253]，侍陂陁[254]（ㄆㄛ ㄊㄨㄛˊ）些。

軒輬[255]（ㄌㄧㄤˊ）既低，步騎羅些。

蘭薄[256]戶樹，瓊木籬些。

魂兮歸來！何遠為些？

【譯詩】

蓮花剛綻放，與菱角荷葉錯雜。

紫紅色枝幹的水葵，隨著水波搖曳。

侍從穿著有豹紋的袍服，在岸邊迎候。

華美的車停下，步行和騎馬的侍從們環列。

叢生的蘭花繁榮於門外，玉樹遮映著籬笆。

魂魄回來吧！何必去那麼遠的地方？

【延伸】

　　以上是詩歌的第三部分，用十分誇張的語言描述故土生活環境的美好，某種程度上也反映了楚國貴族生活的奢華。在他的故鄉，有依山而建的亭臺樓閣，臨水而建的廣廈華殿，室內懸掛著絲質的帳幔，鋪設著精緻的坐席，點燃著有香氣的明燭，美麗的侍女輪番伺候起居，成群的侍從跟隨於車前馬後。門前蘭花玉樹，院內曲池芰荷。手法之縱恣，可謂不惜疊床架

---

[253]　豹飾：侍衛武士身上的著裝。
[254]　陂陁：水岸高低不平。
[255]　軒輬：曲車輈有幬的車，為諸侯或卿大夫的車駕。
[256]　薄：形容草木叢生。

屋,極盡鋪陳之辭。以故土的精緻與舒適,襯托出四方之地與天上地下的恐怖與濁惡。也只有故土,才是靈魂的天堂。

室家遂宗[257],食多方[258]些。
稻粢[259](ㄗ)穱[260](ㄓㄨㄛ)麥,挐[261](ㄖㄨˊ)黃粱些。
大苦鹹酸,辛[262]甘行些。
肥牛之腱[263](ㄐㄧㄢˋ),臑[264](ㄦˊ)若芳些。

【譯詩】

宗親族人聚在一起,食物非常豐盛。
稻穀和稷米,雜糅著黃粱。
苦味鹹味酸味,和辣味甜味調和在一起。
肥牛的腱子肉,熟軟而飄溢芳香。

---

[257] 宗:宗族,此處指一起祭祀的宗族之人。
[258] 多方:各式各樣。
[259] 粢:粟米。
[260] 穱:早熟之麥。
[261] 挐:摻雜。
[262] 辛:辣。
[263] 腱:指蹄筋。
[264] 臑:形容肉質爛熟。

053

〈招魂〉

和酸若苦，陳吳羹[265]（ㄍㄥ）些。

肳[266]（ㄦˊ）鱉（ㄅㄧㄝ）炮[267]羔，有柘（ㄓㄜˋ）漿[268]些。

鵠（ㄏㄨˊ）酸[269]臇[270]（ㄐㄩㄢˇ）鳧，煎鴻鶬（ㄘㄤ）些。

露雞臛[271]（ㄏㄨㄛˋ）蠵[272]（ㄒㄧ），厲[273]而不爽些。

【譯詩】

調和酸味和苦味，端上吳地的肉湯。

籠蒸的鱉肉和燒烤的羊肉，澆上甜醬。

烹製的鵝肉和野鴨，煎熟的雁肉和鶬肉。

露雞肉和大龜湯，味道濃烈而爽口。

粔籹[274]（ㄐㄩˋ ㄋㄩˇ）蜜餌（ㄦˇ），有餦餭[275]（ㄓㄤ ㄏㄨㄤˊ）些。

瑤漿蜜勺[276]，實羽觴[277]（ㄕㄤ）些。

[265] 吳羹：吳地製作的肉湯。
[266] 肳：煮。
[267] 炮：燒、烤。
[268] 柘漿：甘蔗汁。
[269] 鵠酸：據聞一多所校，應為「酸鵠」，即酸調味料調配的鵠肉。
[270] 臇：汁較少的羹。
[271] 臛：肉羹。
[272] 蠵：大龜。
[273] 厲：味道濃烈。
[274] 粔籹：用蜜和麵製的條狀餅。
[275] 餦餭：乾的糖類製品。
[276] 勺：通「酌」，引申為酒水。
[277] 羽觴：古時爵形的盛酒杯。

挫糟（ㄗㄠ）凍飲，酎[278]（ㄓㄡˋ）清涼些。

華酌（ㄓㄨㄛˊ）既陳，有瓊漿些。

歸來反故室，敬而無防些。

【譯詩】

細長和甜味的糕餅，很多的甜食。

瓊漿美酒和甜酒，盛滿了杯子。

濾掉酒糟將酒冰起來，甘冽清涼才好喝。

盛好精美的酒器，倒滿晶瑩的酒漿。

回到你的故居，所有人都恭敬而不違和。

【延伸】

以上是詩歌的第四部分，描述故鄉聚會時的飲食，也對後人了解楚國的飲食文化提供了一份清單。我們從這部分內容可以了解楚國貴族的肉類食物，如牛肉、羊肉、鱉肉、龜肉、天鵝肉、大雁肉、野鴨肉、鶬肉、露雞肉，此外還有主食、糕點、甜食和酒水。從「大苦鹹酸」等句我們會發現，楚人不但喜歡酸味、鹹味、辣味和甜味，飲食中還有苦味，可說是酸甜苦辣鹹五味俱全。當然，早期的貴族聚會，除了外交場合之外，多與祭祀有關，這些食物以及味道，也因祭祀而設。

楚人的飲食，蒸、煮、煎、炙、炮……可以說食不厭精，比之於四方之地，連水也喝不上一口的惡劣環境，不就是天

---

[278] 酎：醇酒。

〈招魂〉

堂？人一生最難以忘卻的，除了故土親人之外，恐怕便是家鄉的味道了。

> 餚羞（ㄒㄧㄡ）未通[279]，女樂羅些。
> 敶鐘按鼓，造新歌些。
> 〈涉江〉〈採菱〉，發〈揚荷[280]〉些。
> 美人既醉，朱顏酡[281]（ㄊㄨㄛˊ）些。
> 娭光[282]（ㄒㄧ ㄍㄨㄤ）眇（ㄇㄧㄠˇ）視[283]，目曾[284]波些。

【譯詩】

> 菜餚還未上齊，樂舞列隊侍候。
> 鳴鐘擊鼓，演奏新歌。
> 唱響〈涉江〉和〈採菱〉，跳起〈揚荷〉舞。
> 美人醉酒，臉色緋紅。
> 眉目傳情，秋波流轉。

> 被[285]（ㄆㄧ）文服纖，麗而不奇些。

---

[279] 未通：菜未上齊。
[280] 揚荷：與前面的〈涉江〉、〈採菱〉均為楚國歌曲名。
[281] 酡：飲酒後面色微紅。
[282] 娭光：目光。
[283] 眇視：偷偷看。
[284] 曾：通「層」。
[285] 被：披。

長髮曼鬋（ㄐㄧㄢ），豔陸離[286]些。

二八[287]齊容[288]，起鄭舞[289]些。

衽[290]（ㄖㄣˋ）若交竿[291]，撫[292]案下些。

【譯詩】

穿著繡滿花紋的裙子，雍容而不突兀。

鬢髮修長，豔光令人神迷。

十六名舞姬一起，跳起鄭國的舞蹈。

飛動的裙襬交疊，照節拍徐緩而下。

竽瑟（ㄙㄜˋ）狂會，搷[293]（ㄊㄧㄢˊ）鳴鼓些。

宮庭震驚，發〈激楚[294]〉些。

吳歈[295]（ㄩˊ）蔡謳[296]（ㄡ），奏大呂[297]些。

士女雜坐，亂而不分些。

放敶組[298]纓（ㄧㄥ），班[299]其相紛些。

[286] 陸離：形容美豔。
[287] 二八：指十六個人的舞者，各為一隊，列於兩廂。
[288] 齊容：裝束相同。
[289] 鄭舞：鄭國的舞蹈，此處指嫵媚的舞姿。
[290] 衽：衣襟。
[291] 交竿：不明何義，諸家說法不一，或指衣襟相交。
[292] 撫：通「拊」，打拍子。
[293] 搷：擊打、敲擊。
[294] 激楚：楚國歌舞曲名。另說是激烈的楚歌。
[295] 吳歈：吳地的歌曲。
[296] 蔡謳：蔡地歌曲。蔡與吳地均被楚國所併，此處泛指吳、蔡二地的歌聲。
[297] 大呂：古代樂律調名。
[298] 組：絲帶。
[299] 班：同「斑」。

〈招魂〉

【譯詩】

竽音和瑟聲交會在一起,擊鼓聲鏗鏘有力。
宮殿的瓦也被震動,只因演奏〈激楚〉的樂章。
吳歌和蔡曲一起演奏,敲響了大呂。
男女混坐在一起,打破界限而不分彼此。
繫帽子的帶子解開了,紛亂而無解。

鄭衛妖玩[300],來雜陳些。
〈激楚〉之結,獨秀先[301]些。
菎(ㄎㄨㄣ)蔽[302](ㄅㄧˋ)象棋[303],有六簙[304](ㄅㄛˊ)些。
分曹[305]並進,遒(ㄑㄧㄡˊ)相迫些。

【譯詩】

鄭、衛兩國豔麗妖嬈的女子,錯雜陳列。
演奏〈激楚〉的樂人,容貌舉世無雙。
博弈用具和象牙製的棋子齊全,還有玩六簙棋的器物。
兩兩對局分頭敬酒,急切催促不相讓。

---

[300] 妖玩:豔麗妖嬈的女子。
[301] 秀先:秀麗出眾。
[302] 菎蔽:竹子製作的博弈用具。
[303] 象棋:並非後世象棋,而是指象牙製的棋子。
[304] 六簙:古代的一種棋戲。
[305] 分曹:對局的雙方。

成梟[306]（ㄒㄧㄠ）而牟[307]，呼五白[308]些。

晉製犀（ㄒㄧ）比[309]，費白日些。

鏗[310]（ㄎㄥ）鐘搖虡[311]（ㄐㄩˋ），揳[312]（ㄒㄧㄝ）梓（ㄗˇ）瑟[313]些。

娛酒不廢，沉日夜些。

【譯詩】

雙方棋力相當，高聲呼「五白」。
晉國犀牛角做的博弈用具，令人沉迷一天。
敲擊起悠揚的鐘聲，彈奏起美妙的瑟。
樂舞佐酒不停息，通宵達旦的暢飲。

蘭膏明燭，華鐙（ㄉㄥ）錯[314]些。

結撰[315]（ㄐㄧㄝˊ ㄓㄨㄢˇ）至思[316]，蘭芳假些。

人有所極[317]，同心賦些。

---

[306] 梟：古代博戲術語。
[307] 牟：取。
[308] 五白：五枚竹片內側朝上，出現這種情況即獲勝。
[309] 犀比：犀角製博具，或說是衣帶鉤。
[310] 鏗：撞擊。
[311] 虡：掛鐘的架子。
[312] 揳：彈奏。
[313] 梓瑟：梓木製成的瑟，此處形容名貴。
[314] 錯：錯落。
[315] 結撰：構思寫作。
[316] 至思：窮盡心思。
[317] 極：極至，此處指歡樂的極限。

〈招魂〉

酎（ㄓㄡˋ）飲盡歡，樂先故[318]些。
魂兮歸來！反故居些。」

【譯詩】

溢香的明燭高燃，華燈錯落點亮。
冥思苦想的撰辭，用美麗的蘭花為喻。
眾人竭盡心力，一起來頌揚。
盡飲盡歡，娛樂已故的人。
魂魄回來吧！回到你的故居來。」

【延伸】

以上是詩歌的第五部分，延續前一部分的內容來寫宴會，氣氛熱烈，細節尤其詳盡，給人十分真實之感，可能是楚國貴族們宴飲生活的再現。貴族們聚會，舞姬和樂隊娛人耳目，在酒水的助力下，打破了禮教界線，男女雜坐，用博弈用具助興，觥籌交錯，不分晝夜的飲酒。熱鬧、歡暢、光明的宴會場景，與前篇荒涼、枯寂、陰暗的四方之地相比，無疑有雲泥之別。遊蕩在外的靈魂，還有什麼理由不回來呢？

亂曰：
獻歲[319]發春兮，汩[320]（ㄩˋ）吾南征。

---

[318]　先故：先祖與故舊。
[319]　獻歲：進入新一年。
[320]　汩：匆匆、急速的樣子。

籙^[321]（ㄌㄨㄟˋ）蘋齊葉兮，白芷生。
路貫^[322]廬江^[323]兮，左長薄^[324]。
倚^[325]沼畦^[326]（ㄑㄧˊ）瀛（ㄧㄥˊ）兮，遙望博^[327]。

【譯詩】

尾聲：

春天萬物萌發，我將匆忙去南方。

綠蘋長齊了新葉，白芷也發芽了。

貫通廬江的路，左邊是高大的林木，

站在水塘和田的分界處，遙望廣闊大地。

青驪^[328]（ㄌㄧˊ）結駟^[329]（ㄙˋ）兮，齊千乘。
懸火^[330]延起兮，玄顏^[331]烝^[332]（ㄓㄥ）。

---

[321]　籙：通「綠」。
[322]　貫：通。
[323]　廬江：指今湖北襄陽、宜城一帶。春秋時，此處為廬戎之國。
[324]　長薄：高大濃密的叢林。
[325]　倚：站立。
[326]　畦：成塊的水田。
[327]　博：廣大平整的地方。
[328]　青驪：毛色青黑的馬。
[329]　駟：一車四馬。
[330]　懸火：夜間打獵點燃的火把。
[331]　玄顏：黑裡透紅，此處指天色。
[332]　烝：光熱上升。

061

〈招魂〉

步[333]及驟（ㄗㄡˋ）處[334]兮，誘[335]騁（ㄔㄥˇ）先。
抑[336]騖[337]（ㄨˋ）若通兮，引車右還。

【譯詩】

青黑色的四馬拉一車，千乘馬車並駕前行。
點起火把蔓延燃燒，點亮了黑暗的天空。
有步行和駕車疾行的人，前驅的人一馬當先。
行進或停止都通暢，引導車子向右轉歸來。

與王趨（ㄑㄩ）夢[338]兮，課[339]後先。
君王親發兮，憚青兕[340]（ㄙˋ）。
朱明[341]承夜兮，時不可以淹[342]。

【譯詩】

我和先王在雲夢澤打獵，用獵物比賽先後。
國君親自射了一箭，射中青色的大犀牛。
太陽從突破黑夜升起，時光迅速流逝無法停留。

[333]　步：緩步慢走。
[334]　驟處：奔跑與停歇。
[335]　誘：導。
[336]　抑：停止。
[337]　騖：奔馳。
[338]　夢：指雲夢澤，古代楚國大湖。
[339]　課：比較。
[340]　憚青兕：射中青兕。楚人傳說射中青色的犀牛會遭到厄運。
[341]　朱明：太陽。
[342]　淹：留。

皋[343]（ㄍㄠ）蘭被徑兮，斯路漸[344]（ㄐㄧㄢ）。

湛湛[345]江水兮，上有楓。

目極千里兮，傷春心。

魂兮歸來，哀江南[346]！

【譯詩】

水邊高地的路被蘭草掩映，路荒蕪不可見。

透亮清澈的江水邊，長滿了紅楓。

縱目眺望千里之外，充滿了春愁。

魂魄歸來吧，哀傷我的江南！

【延伸】

　　以上是詩歌的尾聲，寫南國楚地的君臣貴族們一起出遊、打獵。在古代，大型的車駕巡遊和狩獵行動，具有軍事意義，往往是一種軍事演習。透過訊息的傳達，打獵行動的配合，從而加深君主和貴族集團之間的關係。楚國的君主和貴族，實際上建立在血緣基礎的宗親集團，他們透過祭祀、宴飲、狩獵等活動，維繫彼此的關係。這是一個大型的夜間狩獵集會，火燭明燈將黑夜照亮，隊伍中有的人駕車，有的人步行，有的人為前鋒，有的人當嚮導，營造一個莊嚴而神祕的氛圍。詩中寫和

---

[343]　皋：水邊的高地。
[344]　漸：遮沒。
[345]　湛湛：形容水平穩深廣。
[346]　江南：長江以南，此處指楚國。

〈招魂〉

　　國君一起在雲夢澤打獵,且君主首發一箭射中大犀牛,暗喻魂魄回到故鄉。然而,黑夜即將退去,夢也會醒。南國的山水再明媚,也無法掩蓋社稷傾覆的真相。極目千里,淨是傷心事,能不哀江南嗎?

〈惜誓〉

【作者及作品】

　　關於〈惜誓〉的作者，一說為唐勒。王逸《楚辭章句》載：「〈惜誓〉者，不知誰所作也，或曰賈誼，疑不能明也。」關於作者的問題，爭議較多。支持賈誼說的人，認為詩篇中的「彼聖人之神德兮，遠濁世而自藏。使麒麟可得羈而繫兮，又何以異乎犬羊？」與賈誼〈弔屈原賦〉中的「所貴聖之深德兮，遠濁世而自藏。使麒麟可繫而羈兮，豈云異夫犬羊？」表述方式一樣，當為賈作。反對者則認為，詩篇中有「年老而日衰」的句子，賈誼僅33歲便死了，不存在年老的問題。不過，這也可能是賈誼擬屈原的口吻，因此多持賈誼說。

　　文學史家陳子展先生認為：「〈弔屈原賦〉作者用己意，做己語弔之；〈惜誓〉，作者用屈意，代屈語惜之；其語意同，而口吻則異。」由此可見，賈誼雖然在「弔」和「惜」屈原，但都是透過文章來抒發自己的懷才不遇之情。

〈惜誓〉

惜[347]余年老而日衰兮,歲忽忽[348]而不反[349]。
登蒼天而高舉兮,歷眾山而日遠[350]。

【譯詩】

痛惜我年紀漸老日漸衰弱,時間飛逝而不返。
飛上蒼天而超塵脫俗,越過群山漸行漸遠。

觀江河之紆(ㄩ)曲[351]兮,離[352]四海之沾濡[353](ㄖㄨˊ)。
攀北極[354]而一息兮,吸沆瀣[355](ㄏㄤˋ ㄒㄧㄝˋ)以充虛[356]。

【譯詩】

看江河曲折迂迴,遭遇大海沾溼衣衫。
攀上北極星方才休息,汲取清和之氣填飽肚子。

---

[347]　惜:哀嘆。
[348]　忽忽:匆匆。
[349]　反:通「返」。
[350]　日遠:指離開家鄉日漸遙遠。
[351]　紆曲:迂迴曲折。
[352]　離:通「罹」,遭遇。
[353]　沾濡:被水沾溼。
[354]　北極:北極星。
[355]　沆瀣:夜露。王夫之《楚辭通釋》:「沆瀣,北方清氣。」
[356]　充虛:充飢。

飛朱鳥[357]使先驅兮，駕太一[358]之象輿[359]。
蒼龍[360]蜿蜒[361]（一ㄡˇ ㄑ一ㄡˊ）於左驂[362]（ㄘㄢ）兮，白虎[363]騁而為右騑[364]（ㄈㄟ）。

【譯詩】

命朱雀鳥為先導，駕著太一神的象牙車。

蜿蜒的青龍駕著左車轅，馳騁的白虎駕著右車轅。

建日月以為蓋[365]兮，載玉女[366]於後車。
馳騖[367]（ㄨˋ）於杳冥[368]之中兮，休息乎崑崙之墟。

【譯詩】

以日月的光華為車蓋，車後載著玉女。

縱橫馳騁在飄渺的天空，在巍峨崑崙山歇息。

---

[357] 朱鳥：朱雀，星宿名，南方七宿的總稱。
[358] 太一：即〈九歌〉中的「東皇太一」，是最高天神。
[359] 象輿：象牙裝飾的車。
[360] 蒼龍：即青龍，星宿名，東方七宿的總稱。
[361] 蜿蜒：行動的樣子。
[362] 左驂：古人以四馬拉一車為一乘，駕在車兩旁的兩匹馬叫驂，駕在車內側的兩匹馬為服，此處指左邊的驂馬。
[363] 白虎：星宿名，西方七宿的總稱。與前文的朱雀、蒼龍，後文玉女星所在的星宿「玄武」，合為二十八星宿。
[364] 右騑：即右驂，右邊的驂馬。
[365] 蓋：指馬車的車蓋。
[366] 玉女：即「女宿」，二十八宿之一，為北方玄武七宿的第三宿。「前方朱雀，後方玄武」（古人看平面地圖，與今相反，上部指南），此處以女宿代指玄武，故而有「載玉女於後車」之句。
[367] 馳騖：奔跑、馳騁。
[368] 杳冥：曠遠的地方。

〈惜誓〉

樂窮極[369]而不厭兮,願從容乎神明[370]。
涉丹水[371]而駝騁[372](ㄔㄥˇ)兮,右大夏[373]之遺風。

【譯詩】

快樂到極處而不厭倦,願逍遙自在的追隨神靈。
渡過丹水河而遊蕩,在河流右岸看到大夏的遺跡。

黃鵠[374](ㄏㄨˊ)之一舉兮,知山川之紆曲。
再舉兮,睹天地之圜(ㄩㄢˊ)方[375]。

【譯詩】

鴻鵠展翅一飛,看到山川蜿蜒曲折。
振翅直飛蒼冥之間,俯瞰天圓地方的真容。

臨中國[376]之眾人兮,託迴飆[377](ㄅㄧㄠ)乎尚羊[378]。
乃至少原[379]之野兮,赤松、王喬[380]皆在旁。

[369]	窮極:達到頂點。
[370]	神明:神靈。
[371]	丹水:神話中的河流名。王夫之《楚辭通釋》云:「丹水,出崑崙之南。」
[372]	駝騁:馳騁。
[373]	大夏:傳說中的國名。
[374]	黃鵠:天鵝。
[375]	圜方:圓和方,古人的宇宙觀念,認為天穹是圓形的,大地是方的。
[376]	中國:指中原地區。
[377]	迴飆:旋風。
[378]	尚羊:通「徜徉」,安閒的行走。
[379]	少原:神話傳說中的地名。
[380]	赤松、王喬:赤松子和王子喬,傳說中的兩位仙人。

【譯詩】

俯視故國的人們，寄身於旋風逍遙遠遊。

到了仙人居住的少原，見到了赤松子、王子喬。

二子擁瑟而調均[381]兮，余因稱[382]乎清商[383]。

澹（ㄉㄢˋ）然[384]而自樂兮，吸眾氣[385]而翱翔。

【譯詩】

兩位仙人抱著瑟調弦，我讚美他們所彈的〈清商樂〉。

安然而自得其樂，汲取天地之氣而翩然飛翔。

【延伸】

第一部分，詩人年老而無所建樹，因此登天求仙，乘著太一的車駕，馭著青龍白虎，命朱雀為先導，攜玄武於車內，在天宇間暢遊。但詩句中卻又含著「霑濡」「遺風」等意象，可見心繫故國。

---

[381] 調均：為琴調弦。均，樂器名。
[382] 稱：稱讚。
[383] 清商：曲調名。
[384] 澹然：安適自得的樣子。
[385] 眾氣：六氣。王夫之《楚辭通釋》：「呼吸六氣以翱翔。」

〈惜誓〉

念我長生而久仙兮，不如反余之故鄉。
黃鵠後時[386]而寄處[387]兮，鴟梟[388]（ㄔ ㄒㄧㄠ）群而制之。

【譯詩】

念及我獲得長生久居仙界，不如回歸我的故鄉。
鴻鵠沒能及時去寄居的山林，就會遭到貓頭鷹的群起攻擊。

神龍失水而陸居兮，為螻蟻[389]之所裁[390]。
夫黃鵠神龍猶如此兮，況賢者之逢亂世哉！

【譯詩】

神龍失去大海而困居陸地，就會遭到螻蟻的侵害。
鴻鵠和神龍尚且如此，何況賢者遭逢亂世！

壽冉冉[391]而日衰兮，固儃回[392]（ㄔㄢˊ ㄏㄨㄟˊ）而不息。
俗流從而不止兮，眾枉[393]聚而矯直[394]。

---

[386] 後時：沒能及時。
[387] 寄處：寄居。
[388] 鴟梟：指貓頭鷹。
[389] 螻蟻：螻蛄和螞蟻。
[390] 裁：侵害。
[391] 冉冉：漸漸。
[392] 儃回：運轉。
[393] 眾枉：指群小。枉，邪曲。
[394] 矯直：矯直為枉。矯，矯正。

【譯詩】

年紀漸老身體日益衰弱,時光依然流逝而不息。
庸人不停隨波逐流,眾小人聚在一起矯直為枉。

> 或偷合[395]而苟進[396]兮,或隱居而深藏。
> 苦稱[397]量[398]之不審[399]兮,同權概[400]而就衡[401]。

【譯詩】

或者苟且而得爵祿,或者深居而明哲保身。
苦於君王考察不嚴謹,混同二者一起衡量。

> 或推迻[402]而苟容[403]兮,或直言之諤(ㄜˋ)諤[404]。
> 傷誠是[405]之不察兮,並紉[406]茅絲[407]以為索。

---

[395] 偷合:苟且聚合。
[396] 苟進:為追求晉身而不擇方式。
[397] 稱:秤輕重。
[398] 量:量多少。
[399] 審:明察。
[400] 權概:測度物體輕重、長短的量器。概,斗概,平斗之器。
[401] 衡:衡量。
[402] 推迻:可推可移。迻同「移」。
[403] 苟容:苟且容忍。
[404] 諤諤:直言的樣子。《史記‧商君列傳》:「千人之諾諾,不如一士之諤諤」,即用此義。
[405] 誠是:的確。
[406] 並紉:合併搓繩子。
[407] 茅絲:茅草和絲線。

071

〈惜誓〉

【譯詩】

或者與世推移而同流,或者直言勸諫君主。

傷心君主無法體察忠誠,把珍貴的絲與廉價的茅草一起搓成繩子。

方世俗之幽昏[408]兮,眩[409]白黑之美惡。
放[410]山淵之龜玉兮,相與貴夫礫(ㄌㄧˋ)石[411]。

【譯詩】

方今風氣昏暗不明,混淆黑白與是非。
美玉神龜丟棄在荒山與深水,卻爭相看重碎石頭。

梅伯[412]數諫而至醢兮,來革[413]順志而用國[414]。
悲仁人之盡節兮,反為小人之所賊[415]。

【譯詩】

梅伯多次進諫而被剁成肉醬,來革阿諛順從玩弄國政。
悲哀的是仁人志士盡職盡責,卻反被小人所殘害。

---

[408] 幽昏:昏暗不明。
[409] 眩:迷惑。
[410] 放:拋棄。
[411] 礫石:碎石。
[412] 梅伯:殷紂王大臣,直諫被殺。
[413] 來革:殷紂王時期的奸臣。
[414] 用國:弄國,玩弄國家給予的權力。
[415] 賊:害。

> 比干[416]忠諫而剖心兮,箕(ㄐㄧ)子[417]被髮而佯[418]狂。
> 水背流[419]而源竭兮,木去根而不長。
> 非重軀[420]以慮難[421]兮,惜傷身之無功。

【譯詩】

比干忠心進諫而被剖心,箕子為了避禍披散頭髮裝瘋。
水背離源頭必然枯竭,樹木斷了根必不能長久。
並非看重個人安危而憂慮禍患,恐怕付出生命仍無所助益。

【延伸】

第二部分,寫詩人雖登天遨遊,但仍然思念多難的母邦,黃鐘大呂被丟棄,瓦片碎石卻受到看重。他不擔憂自身安危,而是考量對國家有沒有幫助,充分展現愛國主義的情懷。

> 已矣哉!
> 獨不見夫鸞鳳之高翔兮,乃集[422]大皇[423]之野。
> 循四極而回周[424]兮,見盛德[425]而後下。

---

[416] 比干:殷王朝宗親,紂王叔父(或說兄),因進諫被剖心而死。
[417] 箕子:殷王朝宗親,見比干被剖心,裝瘋逃走。
[418] 佯:假裝。
[419] 背流:背離水源而流。
[420] 重軀:愛惜性命。
[421] 慮難:憂慮禍患。
[422] 集:鳥群棲息。
[423] 大皇:廣大輝煌。
[424] 回周:到四周遊走。
[425] 盛德:大德。形容君主的胸襟和品格。

〈惜誓〉

【譯詩】

算了吧！
你沒看到鳳凰翔於九天，群集於廣闊無人之野。
沿著四極而迴環飛翔，看到盛世來臨才降落。

> 彼聖人之神德[426]兮，遠濁世而自藏。
> 使麒麟可得羈而繫[427]兮，又何以異乎犬羊？

【譯詩】

那聖人具有超凡神聖的品德，遠離亂世深自珍重。
如果把麒麟束縛起來，又和狗與羊有什麼差別？

【延伸】

第三部分，詩人以鷲鳥、鳳凰，麒麟自喻，提出了設問。在個人的自由與君臣之義之間，究竟該如何選擇？秦漢之世，尚有這種思考，實屬難得。

在寫作手法上，此詩頗得屈原作品的真傳。尤其是遨遊蒼天的一系列描寫，表現出豐富的想像力與藝術張力。學者湯炳正先生說：「本篇兼得屈賦之體用，學〈離騷〉而得其神髓，效〈遠遊〉而翻出新意，抒其惜誓之情。雖短，實漢代騷體賦之翹楚。」

---

[426]　神德：超凡神聖的品德。
[427]　羈而繫：羈絆、束縛。

〈招隱士〉

【作者及作品】

　　作者舊題為淮南王劉安，但大多題為「淮南小山」。東漢王逸認為，「淮南小山」不是某個人的名字，而是文學團體的名字。班固《漢書‧藝文志》記載：「淮南王群臣賦四十四篇」，也說是「群臣」所作。這首詩究竟是劉安所作，還是其門客所作，已不可考。「招隱士」的意思，就是招納隱士出山，走仕途之路。

　　王逸認為，這首詩是「憫傷屈原之作」，但屈原詩中雖寫到退隱，實際上卻從未隱居。王逸解釋：「怪其文升天乘雲，役使百神，似若仙者。雖身沉沒，名德顯聞，與隱處山澤無異，故作〈招隱士〉之賦以章其志。」這種說法有附會之嫌，不被後世學者所採納。

　　桂樹叢生兮山之幽，偃蹇[428]（ㄐㄧㄢˇ）連蜷[429]兮枝相繚[430]。

---

[428]　偃蹇：形容高聳。
[429]　連蜷：屈曲的樣子。
[430]　繚：交叉、糾纏。

〈招隱士〉

山氣巃嵷[431]（ㄌㄨㄥˊ ㄙㄨㄥ）兮石嵯峨，谿谷嶄（ㄔㄢˊ）巖[432]兮水曾（ㄘㄥˊ）波[433]。

【譯詩】

叢生的桂樹長在幽靜的山上，高聳的枝幹糾纏的樹枝。

雲霧在巍峨的山巒間繚繞，山谷的岩石上激盪著層層水波。

猿狖[434]（一ㄡˋ）群嘯兮虎豹嗥，攀援桂枝兮聊淹留[435]。

王孫[436]遊兮不歸，春草生兮萋萋。

歲暮兮不自聊[437]，蟪蛄[438]（ㄏㄨㄟˋ ㄍㄨ）鳴兮啾啾。

【譯詩】

成群的猿猴哀鳴虎豹長嘯，手扶桂枝登高藉以寄託憂思。

王孫出遊還沒有回來，濃密的春草被風吹過。

歲暮時分心中煩悶難以排遣，唯聽小蟲低低吟唱。

---

[431]　巃嵷：形容雲氣瀰漫的樣子。
[432]　嶄巖：險峻的石頭。嶄，通「巉（ㄔㄢˊ）」。
[433]　曾波：層層的水波。曾，通「層」。
[434]　狖：指長尾猿。
[435]　淹留：久留。
[436]　王孫：泛指貴族子弟。王夫之《楚辭通釋》：「王孫，隱士也。秦漢以上，士皆王侯之裔，故稱王孫。」
[437]　不自聊：沒有依靠。
[438]　蟪蛄：夏蟬。

076

【延伸】

第一部分，寫為追慕品德高尚的隱士，行在雲霧籠罩、猛獸出沒的深山幽壑間，並以春草、秋蟲寫我的縈迴之思。

　　块（一尢ˇ）兮軋[439]（一ㄚˋ），山曲崷[440]（ㄈㄨˊ），心淹留兮恫（ㄉㄨㄥˋ）慌忽[441]。
　　罔兮沕[442]（ㄨㄟˋ），憭（ㄌㄧㄠˊ）兮慄[443]，虎豹穴[444]，叢薄深林兮，人上慄。

【譯詩】

　　雲氣漫無邊際，山勢蜿蜒曲折，停留在此的我心思恍惚。
　　失魂落魄，戰戰兢兢，虎豹出沒，雜草叢生的林中，人懼而變色。

　　嶔岑[445]（ㄑㄧㄣ ㄘㄣˊ）碕礒（ㄑㄧˊ 一ˇ）兮，碅磳（ㄐㄩㄣ ㄗㄥ）磈硊（ㄎㄨㄟˇ ㄍㄨㄟˋ），
　　樹輪[446]相糾兮，林木茷骫[447]（ㄈㄚˊ ㄨㄟˇ）。

---

[439] 块兮軋：形容雲氣濃且廣大。
[440] 曲崷：形容山勢曲折。
[441] 恫慌忽：形容憂思深深。
[442] 罔兮沕：失神落魄之狀。
[443] 憭兮慄：形容恐懼。
[444] 穴：聞一多先生疑為「突」，「虎豹突」與上文「虎豹嗥」、下文「虎豹鬥」句法上相同，方順文義。
[445] 嶔岑：與後文的碕礒、碅磳、磈硊，都用來形容山石的樣貌。
[446] 輪：橫枝。
[447] 茷骫：形容盤紆、迂迴曲折。

〈招隱士〉

青莎雜樹[448]兮，薠[449]（ㄈㄢˊ）草靃[450]（ㄏㄨㄛˋ）靡，

白鹿麚[451]麚[452]（ㄐㄩㄣ ㄐㄧㄚ）兮，或騰或倚。

【譯詩】

山石嶙峋，峰嶺彎曲，

老樹的枝幹環繞糾結，林木迂迴曲折。

青莎草樹立，柔弱的薠莖隨風披靡，

白鹿、獐子、公鹿，有的奔跑有的相依。

狀皃[453]（ㄇㄠˋ）嶔（ㄧㄣˊ）嶔[454]兮峨峨，淒淒兮漇（ㄒㄧˇ）漇[455]。

獼猴兮熊羆[456]，慕類兮以悲。

【譯詩】

樣子高峻挺拔，像水浸溼的樣子。

猿猴和熊羆奔走，悲傷的呼喚同類。

---

[448] 雜樹：叢生。
[449] 薠：草名，似莎草而比莎草大。
[450] 靃：成群的樣子。
[451] 麚：同「麇」，獐。
[452] 麚：公鹿。
[453] 皃：同「貌」。
[454] 嶔嶔：形容高峻。
[455] 漇漇：潤澤的樣子。
[456] 羆：一種大熊。

攀援桂枝兮聊淹留。

虎豹鬥兮熊羆（ㄆㄧˊ）咆，禽獸駭兮亡[457]其曹[458]。

王孫兮歸來，山中兮不可以久留。

【譯詩】

隱士攀援著桂樹長久停留。

虎豹相鬥熊羆呼號，禽獸驚駭丟失了同類。

王孫早點歸來，山中不可留太久。

【延伸】

　　第二部分，以山石之崔嵬、虎豹之凶猛、霧嵐之鬱結、林木之蒼茫，極力渲染隱居者所處環境的陰森可怕，並以禽獸失群，比喻離開同類的人，規勸隱者歸來。

　　清初學者王夫之說：「今按此篇，義盡於招隱，為淮南召致山谷潛伏之士。絕無憫屈子而章之之意。」（《楚辭通釋》）但是，仔細品味會發現，詩歌中的「王孫」並非泛指「山谷潛伏之士」，似乎有所指，也就是指向一個確實存在的人。這就引起一些學者的測度，認為「王孫」即指劉安。淮南王劉安喜歡文人學士，王府中養了一大批文人和特異之才，其中最傑出的為左吳、李尚、蘇飛、田由、毛披、雷被、伍被、晉昌等八人，號稱「八公」，因他們常和劉安一起在壽春城外的山上煉

---

[457]　亡：丟失。
[458]　曹：同類。

〈招隱士〉

丹，因此後世便把城外的山叫「八公山」。由此可見，劉安頗有信陵君養門客的風範。

建元二年（前139年），淮南王奉詔從封國到京都，當時漢武帝尚未確立繼承人，淮南王劉安認為自己是高皇帝之孫，對當皇帝充滿了幻想。在漢武帝激烈的政治鬥爭中，劉安的處境岌岌可危，門客中敏銳之人恐怕已洞悉劉安處境的險惡，因此以淮南王喜愛的「楚辭」形式予以規勸。不過，劉安並未逃過此劫，最終還是被逼自盡，身死國除。此說雖然無確證，但頗為後世學者認同。

詩歌名為〈招隱士〉，但並非指「招」，而是「尋訪」。詩歌描寫景物的手法非常嫻熟，開篇即給人一種森然可怖，心驚膽顫的特殊感受。詩人以強烈的主觀色彩，透過對山巒、溪谷、岩石以及奔跑在深林幽谷間的虎豹熊羆進行描繪，將山水景物加以變形和誇張，渲染出一種幽深、怪異、可怖的氣氛。字裡行間瀰漫著鬱結、悲愴而又纏綿悱惻的情思，表現出王孫不可久留的主旨，讓人們彷彿聽到一聲聲「王孫兮歸來」的呼喚。

詩中「王孫遊兮不歸，春草生兮萋萋」一句對後世影響深遠。唐代詩人白居易在〈賦得古原草送別〉中曾化用：「又送王孫去，萋萋滿別情。」另一位大詩人王維也曾化用此句，寫下了「客草年年綠，王孫歸不歸？」的佳句。

〈七諫〉

【作者及作品】

　　作者為西漢文學家東方朔。東方朔，字曼倩，平原郡厭次縣（今屬山東）人。漢武帝即位，徵召有才德的人，東方朔上書自薦，被任命為郎官。後任常侍郎中、太中大夫等職。東方朔言語幽默，善於詼諧、戲謔，雖然身負奇才，多次上書言事，但一直被漢武帝視為娛樂之臣，不受重視。東方朔寫〈七諫〉，既是代屈原立言，同時也是借屈原的嘴巴說自己的話，借別人的酒消自己的塊磊，表達了抱負無從實現的憤懣。

〈初放〉

平[459]生於國[460]兮，長[461]於原野。
言語訥澀[462]兮，又無強輔[463]。

---

[459] 平：指屈原，名平，字原。是作者假託屈原寫的詩，是屈原自稱，自稱名為謙辭。
[460] 國：國都，指楚國的都城郢都。
[461] 長：長期。
[462] 訥澀：說話不清楚，即不善於言談。
[463] 強輔：強大的輔助，此處指強大的背景，也就是朋黨。

〈七諫〉

【譯詩】

　　我生在楚國都城郢都，長期流放在荒野。
　　言詞木訥，又無強大的背景支持。

　　淺智褊[464]（ㄅㄧㄢˇ）能兮，聞見又寡。
　　數言便事[465]兮，見怨門下[466]。

【譯詩】

　　才智淺薄能力低下，孤陋寡聞。
　　多次為了國事上書，得罪了君王身邊的近臣。

　　王不察其長利兮，卒見棄乎原野[467]。
　　伏念[468]思過兮，無可改者。

【譯詩】

　　大王不察我目的是為國，最後將我流放到荒僻之地。
　　我暗自思慮自己的過失，沒有可改的錯誤。

---

[464]　褊：狹。引申為薄弱。
[465]　便事：利君、利國之事。
[466]　門下：國君身邊的近臣。
[467]　原野：指流放的地方。
[468]　伏念：暗自思慮。

群眾[469]成朋[470]兮，上浸[471]以惑。
巧佞在前兮，賢者滅息[472]。

【譯詩】

小人們結成了朋黨，君主逐漸被迷惑。
讒佞小人在君前，忠良陷入緘默。

堯舜[473]（一ㄠˊ ㄕㄨㄣˋ）聖已沒兮，孰為忠直？
高山崔巍兮，流水湯（ㄕㄤ）湯[474]。

【譯詩】

堯、舜那樣的聖君已隱沒，還能為誰忠誠正直？
高山巍峨聳立，江水滔滔奔流。

死日將至兮，與麋鹿同坑[475]。
塊[476]兮鞠[477]（ㄐㄩˊ），當道宿。

---

[469] 群眾：指成群的、眾多的人。
[470] 成朋：結成的朋黨。
[471] 浸：稍、漸。
[472] 滅息：無聲息，指沒有說真話的人。
[473] 堯舜：堯帝和舜帝，上古時期的明君。
[474] 湯湯：水流的樣子。
[475] 坑：水坑。此處指在同一處飲水，即為伍。
[476] 塊：獨處的樣子。
[477] 鞠：匍匐。

〈七諫〉

【譯詩】

距老死之日不遠了,與麋鹿在荒野為伍。
孤獨的匍匐在地上,夜晚在路中歇息。

舉世皆然兮,余將誰告[478]?
斥逐鴻鵠兮,近習[479]鴟梟。

【譯詩】

整個世界都是這樣,我的委屈向誰傾訴?
斥退大雁和天鵝,親近貓頭鷹。

斬伐橘柚[480](ㄐㄩˊ ㄧㄡˋ)兮,列樹苦桃。
便娟[481]之修竹兮,寄生乎江潭。

【譯詩】

砍伐掉橘子樹和柚子樹,種植成片的苦桃樹。
婆娑修美的竹子,只能在江水邊寄生。

上葳蕤[482](ㄨㄟ ㄖㄨㄟˊ)而防[483]露兮,下泠(ㄌㄧㄥˊ)泠而來風。

[478] 誰告:即「告誰」,告訴誰,為了諧韻而倒文。
[479] 近習:親近。
[480] 橘柚:橘樹和柚子樹。
[481] 便娟:好看的樣子。
[482] 葳蕤:形容草木繁盛。
[483] 防:遮蔽。

孰知其不合兮，若竹柏之異心[484]。

【譯詩】

上面茂盛的枝葉承接露水，下面吹拂著清涼的風。
誰知我與君王不合拍，就像竹子和柏樹不同。

往者不可及兮，來者不可待[485]。
悠悠蒼天兮，莫我振理[486]。
竊怨君之不寤[487]（ㄨˋ）兮，吾獨死而後已。

【譯詩】

過往的明君不可企及，未來的賢主不能期待。
渺遠永恆的蒼天，也不來將我拯救。
暗自埋怨君王不悔悟，我獨自保持操守死而後已。

【延伸】

「初放」，就是放逐之初。從屈原的流放原因寫起，屈原直言勸諫，與楚國國君身邊的近臣不是同類人。屈原公而忘私，這些人以權謀私，兩相碰撞，誰也不討誰喜歡，結果屈原遭到詆毀，被趕出朝廷。詩歌末一句：「竊怨君之不寤兮，吾獨死而後已」，雖是代筆之詞，但很有屈原的風格。「高山崔巍兮，

---

[484] 異心：即「心異」，不同，指竹子空心，柏樹實心。
[485] 不可待：不能期待。
[486] 振理：拯救、辨別。
[487] 寤：覺悟。

〈七諫〉

流水湯湯」，以高山和大河的意象來形容人的高風亮節，後世范仲淹〈嚴先生祠堂記〉有云：「雲山蒼蒼，江水泱泱，先生之風，山高水長。」化用自此句。

〈沉江〉

惟[488]往古之得失[489]兮，覽私[490]微[491]之所傷[492]。
堯舜聖而慈仁兮，後世稱而弗忘。

【譯詩】

回想歷史上的興亡得失，看親近佞臣造成的誤國往事。
堯、舜聖明而對百姓仁義，後世不斷稱頌而永遠不忘。

齊桓[493]失於專任[494]兮，夷吾[495]忠而名彰。
晉獻[496]惑於孋（ㄌㄧˊ）姬[497]兮，申生[498]孝而被殃。

---

[488]　惟：思、想。
[489]　得失：指政治得失，即興亡之道。
[490]　私：親近。
[491]　微：賤，指小人和佞臣。
[492]　傷：傷害。
[493]　齊桓：指齊桓公，姜姓，名小白，春秋五霸之一。
[494]　專任：專寵佞臣。
[495]　夷吾：管仲，名夷吾，春秋時齊國宰相，著名政治家。臨死前曾勸告齊桓公遠離豎刁、易牙等佞臣。
[496]　晉獻：指晉獻公，姬姓，名詭諸。
[497]　孋姬：即驪姬，晉獻公寵妃。
[498]　申生：晉獻公所立太子，遭到獻公寵妃驪姬的詆毀，被逼自殺。

【譯詩】

齊桓公專寵佞臣造成國亂，管仲忠誠而名聲顯揚。

晉獻公被驪姬蠱惑，太子申生雖然孝順仍然遇害。

偃（一ㄢˇ）王[499]行其仁義兮，荊文[500]寤而徐亡[501]。
紂暴虐以失位兮，周得佐乎呂望[502]。

【譯詩】

徐偃王只知行仁義（而無武備），楚文王醒悟其得民心將之滅亡。

殷紂王因暴虐丟了他的寶座，周王朝得到姜太公輔佐而擁有天下。

修[503]往古以行恩兮，封[504]比干[505]之丘壟[506]。
賢俊慕而自附兮，日浸淫[507]而合同[508]。

---

[499] 偃王：徐偃王，嬴姓，徐氏，名誕，西周時徐國國君。
[500] 荊文：指楚文王，芈姓，熊氏，名貲。楚國又稱荊國，故名。
[501] 徐亡：指徐國被楚國所滅亡。
[502] 呂望：指姜太公。姜姓，名尚，字子牙，因先代封於呂，因而以呂為氏。輔佐周文王治理周部族強大，後被周武王尊為「尚父」，完成滅商興周的大業。
[503] 修：效法。
[504] 封：培土，此處指為墳墓添土。
[505] 比干：商朝名臣，商王文丁之子，商紂王帝辛叔父（一說是兄弟比干），封於比邑（今山西汾陽），故稱比干。因直言進諫而遇害。
[506] 丘壟：墳墓。
[507] 浸淫：浸潤、濡溼，此處指漸相親附。
[508] 合同：會合在一起。

〈七諫〉

【譯詩】

武王仿效古人行使恩德，為比干的墓上添土。
賢德的人都慕名自己來歸附，人才一天一天匯聚在一起。

明法令而修理[509]兮，蘭芷幽而有芳。
苦眾人之妒予兮，箕子[510]寤[511]（ㄨˋ）而佯[512]狂。

【譯詩】

法令嚴明而國家政治清明，賢臣們各在其位。
我苦於小人們的妒忌，箕子為避禍而裝瘋。

不顧地[513]以貪名[514]兮，心怫[515]（ㄈㄨˊ）鬱而內傷[516]。
聯[517]蕙芷[518]（ㄏㄨㄟˋ ㄓˇ）以為佩兮，過鮑肆[519]而失香。

---

[509] 修理：整治。
[510] 箕子：子姓，名胥餘，商王文丁之子，商紂王帝辛的叔父。因封於箕，故而得名。為了避免被暴虐的紂王迫害，曾經裝瘋。與微子、比干，在殷商末年被稱為「三仁」。《論語·微子》說：「微子去之，箕子為之奴，比干諫而死，殷有三仁焉。」
[511] 寤：通「悟」，醒悟、警悟。
[512] 佯：一作「詳」，假裝。
[513] 不顧地：不顧念家國。
[514] 貪名：貪忠臣的虛名。
[515] 怫：形容憂鬱。
[516] 內傷：內心所受的傷害。
[517] 聯：連接。
[518] 蕙芷：兩種香草名，此處泛指香草。
[519] 鮑肆：賣鹹魚的店鋪。鮑，鹹魚。

【譯詩】

不為貪臣之名拋棄家國而去，心中憂鬱而內心充滿痛苦。

連接蕙、芷這兩種香草做成配飾，經過賣鹹魚的店鋪就喪失了芳香。

正臣[520]端[521]其操行兮，反離[522]謗而見攘[523]（日尢∨）。
世俗更[524]而變化兮，伯夷[525]餓於首陽[526]。

【譯詩】

正直的大臣端正自己的品行和操守，反而遭受詆毀而被放逐。

世風日下道德風氣發生改變，（豈有）伯夷守持節操餓死在首陽山。

[520]　正臣：行事端正的大臣。
[521]　端：正直。
[522]　離：通「罹」，遭受。
[523]　攘：排擠。
[524]　更：改
[525]　伯夷：子姓，墨胎氏，名允，商朝末年孤竹國國君長子，與殷商君主有共同的先祖，均為契的後裔。反對武王伐紂，西周滅商後，不吃周朝的糧食，與弟弟叔齊一起餓死首陽山。
[526]　首陽：今甘肅、陝西、河南、河北均有「首陽山」，都和伯夷、叔齊的傳說有關。

089

〈七諫〉

獨廉潔而不容[527]兮,叔齊[528]久而逾明[529]。
浮雲陳[530]而蔽晦[531]兮,使日月[532]乎無光[533]。

【譯詩】

獨自廉潔而不被容納,像叔齊一樣時光愈久聲名愈顯揚。
天上的烏雲遮蔽的昏暗不明,使日月都失去了光芒。

忠臣貞[534]而欲諫兮,讒[535]諛[536](ㄩˊ)毀而在旁。
秋草榮[537]其[538]將實兮,微霜下而夜降。

【譯詩】

忠直的大臣想進忠言,佞臣卻在一旁誹謗他。
秋天的草木開花後將結果,夜裡卻突降輕霜。

商風[539]肅而害生兮,百草墮[540]而不長。

[527] 不容:不被容納。
[528] 叔齊:子姓,墨胎氏,商末孤竹國國君第三子,被立為繼承人。父親死後,他將君位讓給哥哥伯夷,但伯夷不接受,兄弟一起放棄權位逃走。
[529] 逾明:愈加光明。指伯夷、叔齊的名聲沒有泯滅,反而更加聲名遠播。
[530] 陳:陳列。
[531] 蔽晦:指君主被蒙蔽。
[532] 日月:比喻君主。
[533] 無光:本義為沒有光亮,此處指君主昏聵。
[534] 貞:堅定不移。
[535] 讒:詆毀。
[536] 諛:奉承。
[537] 榮:開花。
[538] 其:另作「而」。
[539] 商風:秋風。
[540] 墮:墜落、凋零。

眾並諧以妒賢兮，聖孤特[541]而易傷。

【譯詩】

秋風肅殺傷害萬物，各種草木凋零不再生長。

群小結黨營私妒害賢才，賢臣孤立而遭到打壓。

懷計謀[542]而不見用兮，巖穴處[543]而隱藏。

成功隳[544]（ㄏㄨㄟ）而不卒[545]兮，子胥[546]死而不葬[547]。

【譯詩】

我胸懷良謀卻得不到重用，只能在山洞裡隱居。

建立功勳卻被詆毀而不得終，伍子胥賜死也得不到安葬。

世從俗而變化兮，隨風靡[548]（ㄇㄧˇ）而成行。

信直[549]退而毀敗[550]兮，虛偽[551]進而得當。

---

[541] 聖孤特：指賢臣的孤獨。
[542] 懷計謀：懷著謀國之策。
[543] 巖穴處：指獨處在山洞。
[544] 隳：毀壞。
[545] 卒：最後。
[546] 子胥：指伍子胥。名員，字子胥，楚國人，春秋末期吳國大夫、軍事家。封於申，又稱申胥。
[547] 死而不葬：伍子胥死後，被拋入江中，故而稱之為不葬。
[548] 靡：倒下。
[549] 信直：忠信正直。
[550] 退而毀敗：遭到誹謗而被驅逐。
[551] 虛偽：指佞臣。

〈七諫〉

【譯詩】

世人隨著庸風俗氣見風轉舵,像被風整排吹倒的草木。

忠信正直的大臣遭到誹謗而被驅逐,虛偽詭詐的人上位得到重用。

> 追悔過之無及[552]兮,豈盡忠而有功。
> 廢制度而不用兮,務行私[553]而去公。

【譯詩】

國家敗亡才悔恨已來不及,就算我竭盡忠誠也勞而無功。

拋棄了先王制定的法度不用,一味追求私利而廢公務。

> 終不變而死節[554]兮,惜年齒[555]之未央[556]。
> 將方舟[557]而下流兮,冀幸君之發矇[558]。

【譯詩】

我寧可為節操而死也不會改變,可惜我處在盛年並未衰老。

我要乘著船順江而下,希望君王不再被蠱惑。

---

[552] 無及:趕不上、來不及。
[553] 行私:追求私利。
[554] 死節:為節操而死。
[555] 年齒:指年歲。
[556] 未央:未盡。央,盡。
[557] 方舟:大夫的船。
[558] 發矇:指解惑。

痛忠言之逆耳兮，恨申子[559]之沉江。
願悉[560]心[561]之所聞兮，遭值[562]君之不聰[563]。

【譯詩】

痛惜忠誠的言詞君王聽不進去，痛恨賜死伍子胥並沉入江水。

我願盡心就所見來陳述政事，但遭逢的這個君王太糊塗。

不開寤[564]（ㄨˋ）而難道[565]兮，不別橫之與縱[566]。
聽奸臣之浮說[567]兮，絕國家之久長[568]。

【譯詩】

君王不警醒而難以開導，不辨是非忠奸。

只知道聽奸臣的空話，斷絕了國家的前途。

[559]　申子：即前文所說的伍子胥。
[560]　悉：盡。
[561]　心：又作「余」。
[562]　遭值：遭遇。
[563]　不聰：聽覺不佳。聰，指聽覺敏銳。
[564]　不開寤：指沒有警醒、糊塗。
[565]　難道：難以開導。
[566]　不別橫之與縱：比喻不辨是非。
[567]　浮說：空話、虛話。
[568]　久長：指前途。

〈七諫〉

滅規矩[569]而不用兮,背繩墨[570]之正方。
離憂患而乃寤兮,若縱火於秋蓬[571]。

【譯詩】

破壞了先王的制度而不用,背離了正確的政令。

遭受憂患才悔悟,就像在秋天乾枯的蒿草裡放火而來不及施救。

業失之而不救[572]兮,尚何論乎禍凶?
彼離畔[573]而朋黨兮,獨行之士[574]其何望?

【譯詩】

大業敗亡無法挽救,還談什麼吉凶禍福?

小人們背叛國家結黨營私,被排擠的忠臣有什麼辦法?

日漸染[575]而不自知兮,秋毫[576]微哉而變容。
眾輕積[577]而折軸兮,原[578]咎[579]雜而累[580]重。

[569] 規矩:指國家的制度、法度。
[570] 繩墨:本義為木工打的直線,此處指政令。蓬:草名。
[571] 蓬:草名。
[572] 不救:無法挽救。
[573] 離畔:背離叛變之人,指奸佞。畔:通「叛」。
[574] 獨行之士:被排擠的正直大臣。
[575] 日漸染:逐漸受到薰染。
[576] 秋毫:秋天鳥獸長出的新細毛。
[577] 眾輕積:很多輕物堆積。
[578] 原:屈原自稱。
[579] 咎:過錯。
[580] 累:加重。

094

【譯詩】

　　君王的品德逐漸敗壞而不自知，秋天的毫毛雖然細微但在成長。

　　車上堆積的輕物多了也會壓斷軸，眾人一起詆毀讓我罪過加重。

> 赴湘沅之流澌[581]（ㄙ）兮，恐逐波而復東。
> 懷沙礫而自沉兮，不忍見君之蔽壅[582]（ㄩㄥ）。

【譯詩】

　　我跳進湘沅的流水中，害怕流水帶著我再到東方。

　　抱著石頭跳進水中，不忍心看見君王被奸臣蒙蔽。

【延伸】

　　〈沉江〉描寫屈原投水前的心理狀態，詩中主要反映三個方面。其一是忠直誠信，肯為國家謀劃的大臣被小人排擠；其二是佞臣結黨營私，謀私利而廢公事，制度無法執行，政令被破壞；其三是國君昏庸糊塗，不辨忠奸是非。

　　屈原好以男女之情比喻君臣之義，漢儒多因襲模仿，東方朔和賈誼都襲用過這個意象，但這也無意中表達了一個事實——君臣關係、君主與后妃的關係是一樣的，都是一種人身依附。君主要求臣子效忠，但君主對臣子並不負責，就像后

---

[581]　流澌：流水。
[582]　壅：遮蔽。

〈七諫〉

妃必須忠誠於皇帝,但皇帝卻有很多妃子一樣,這是一種單向的忠誠關係。對臣子也好,妃子也好,受重用或打入冷宮,這要看君主的心情。

東方朔在這首詩中的「蓬艾親入御於床笫兮,馬蘭踸踔而日加」一句,寫得更加直接,他將庸才和佞臣(至少也是大臣)比作入御之妃,是非常自覺的認知。在後面的〈怨世〉中,他將賢臣比作美人西施,而將佞臣比作醜女,希望君主能夠像多情的男子看中美人一樣。正因如此,一旦得不到君主的重用,或被驅逐出朝堂,便流露出被拋棄的怨婦心態,作品也像棄婦詩一樣悲悲切切,這一點與屈原並不相同。屈原的作品中怨而有憤,但漢儒的詩則是怨而含悲。君主時代,無論是后妃也好,還是人才也好,全憑君主好惡,用得上或用不上,與君主的賢明與否有關,並無制度性建設。更進一步說,那其實是一個把人極端物化的時代,而這種物化,在〈七諫〉中展現的尤為徹底。

〈怨世〉

世[583]沉淖[584](ㄋㄠˋ)而難論[585]兮,俗岭(ㄑㄧㄢˊ)峨[586]而嵾嵯[587](ㄘㄣ ㄘㄨㄛˊ)。

[583]　世:世風。
[584]　沉淖:沉入、深陷、沒落。
[585]　難論:難以論是非。
[586]　岭峨:形容高下不齊。
[587]　嵾嵯:同「參差」。

清泠（ㄌㄧㄥˊ）泠[588]而殲[589]滅[590]兮，溷（ㄏㄨㄣˋ）湛湛[591]而日多[592]。

【譯詩】

世風敗壞難以論是非，世俗不辨是非毀譽不齊。

高潔的人不被重視而無聞，貪婪腐化之徒逐日增加。

梟（ㄒㄧㄠ）鴞[593]既以成群兮，玄鶴[594]弭（ㄇㄧˇ）翼[595]而屏移[596]。

蓬艾[597]親入御[598]於床第[599]（ㄗˇ）兮，馬蘭[600]躞蹀[601]（ㄔㄣˇ ㄓㄨㄛˊ）而日加。

【譯詩】

貓頭鷹成群的聚集，黑鶴收斂起羽翼消失了。

小人們聚在君王床榻的周圍，惡草馬蘭每天茂盛的生長。

[588] 清泠泠：形容君子的純潔。
[589] 殲：盡。
[590] 滅：滅失。
[591] 溷湛湛：形容貪婪汙濁之徒。
[592] 日多：逐日增加。
[593] 梟鴞：貓頭鷹，比喻惡人。
[594] 玄鶴：黑鶴，比喻廉士。
[595] 弭翼：收斂翅膀、停棲。
[596] 屏移：退隱。
[597] 蓬艾：蓬蒿和蕭艾，用庸俗之草比喻小人。
[598] 入御：寵信。
[599] 床第：指床。第，竹子編成的竹席。
[600] 馬蘭：草名。比喻惡濁之人。
[601] 躞蹀：迅速的生長。

〈七諫〉

棄捐藥芷[602]（业∨）與杜衡[603]兮，余奈[604]世之不知芳何。

何周道之平易[605]兮，然蕪穢[606]而險戲[607]。

【譯詩】

　　拋棄白芷和杜衡這樣的香草，我慨嘆世人不知君子的美德。

　　大路曾多麼平直好走，現今雜草叢生充滿了危險。

高陽[608]無故而委塵[609]兮，唐虞[610]點灼[611]（业ㄨㄛˊ）而毀議[612]。

誰使[613]正[614]其真是兮，雖有八師[615]其不可為。

【譯詩】

　　高陽氏無故被像泥土般踐踏，堯、舜就算是聖人也遭人

[602] 藥芷：香草名，即白芷。屈原詩中常用此意象，藉以喻君子，東方朔沿襲之。
[603] 杜衡：香草名，即杜蘅。比喻人格高尚的賢士。
[604] 奈：奈何。
[605] 平易：平坦易行。
[606] 蕪穢：荒蕪。
[607] 險戲：充滿危險。戲，又作「巇」。
[608] 高陽：即高陽氏，指顓頊，黃帝之孫，上古帝王。
[609] 委塵：落入塵埃，此處指遭受誣衊。
[610] 唐虞：指堯帝和舜帝。
[611] 點灼：本義為炙、燒。此處指言語攻擊。
[612] 毀議：誹謗。
[613] 誰使：使誰、讓誰。
[614] 正：同「證」，證明。
[615] 八師：指禹、稷、皋陶、伯夷、任、益、夔等八位賢人，被奉為上古時期的聖人。

098

諑巇。

讓誰來證明他是正確的？縱然有八位賢人也沒有辦法。

皇天保其高[616]兮，后土[617]持其久。
服[618]清白[619]以逍遙兮，偏與乎玄英[620]異色。

【譯詩】

上天永遠高不可及，大地深厚而長久。
我穿著潔淨的衣服逍遙自在，偏偏不和汙濁之輩同流。

西施媞（ㄊㄧˊ）媞[621]而不得見兮，嫫（ㄇㄛˊ）母[622]勃屑[623]而日侍。
桂蠹[624]（ㄉㄨˋ）不知所淹留[625]兮，蓼（ㄌㄧㄠˇ）蟲[626]不知徙[627]（ㄒㄧˇ）乎葵菜[628]。

---

[616]　高：高曠，不可接近。
[617]　后土：主管大地的神，此處指土地。
[618]　服：穿著。
[619]　清白：純正，沒有被玷汙。
[620]　玄英：黑色，此處比喻貪婪。
[621]　媞媞：形容美好。
[622]　嫫母：傳說是黃帝的妃子，容貌醜陋，後來成為醜女的代稱。
[623]　勃屑：形容腿腳不靈活。
[624]　桂蠹：桂樹上的蛀蟲，比喻貪婪的大臣。
[625]　淹留：逗留、久留。
[626]　蓼蟲：蓼草上的蟲。
[627]　徙：遷移。
[628]　葵菜：菜名，即冬葵。

〈七諫〉

【譯詩】

西施容貌美麗而不受待見,嫫母腿腳不靈活天天在身邊侍候。

桂樹上的蛀蟲不懂得住手,吃蓼葉的蟲子不知道尋找甜菜。

處溷(ㄏㄨㄣˋ)溷[629]之濁世兮,今安所達乎吾志。

意有所載[630](ㄗㄞˋ)而遠逝[631]兮,固非眾人之所識。

【譯詩】

我身在這渾濁的時代,現今怎能實現我的志向。

我身懷大志卻只能遠遠的離去,固然不是眾人所能懂得的。

驥[632](ㄐㄧˋ)躊躇[633]於弊輦[634](ㄋㄧㄢˇ)兮,遇孫陽[635]而得代[636]。

呂望[637]窮困而不聊生兮,遭周文[638]而舒志[639]。

---

[629] 溷溷:形容混亂的樣子。
[630] 所載:抱負。
[631] 遠逝:遠去。
[632] 驥:良馬。
[633] 躊躇:猶豫。
[634] 弊輦:破爛的車。
[635] 孫陽:指伯樂,傳說中善於相馬的人。
[636] 代:替換。
[637] 呂望:指姜太公。
[638] 周文:指周文王。
[639] 舒志:實現志向。

【譯詩】

良馬拉著一輛破車而猶豫不前，遇見伯樂才能換上好車。

姜太公曾經窮困而沒有生計，幸虧遇到周文王而實現了大志。

甯戚[640]飯牛[641]而商歌[642]兮，桓公聞而弗置[643]。
路[644]室女[645]之方桑[646]兮，孔子過[647]之以自侍[648]。

【譯詩】

甯戚一邊餵牛一邊唱著傷心的歌，齊桓公聽到後沒有把他當普通人對待。

路邊的少女專心的在樹上採桑，孔子見她貞靜立即整肅而恭敬。

---

[640]　甯戚：春秋時賢人，齊桓公的大臣。
[641]　飯牛：餵牛。
[642]　商歌：悲沉的歌，又說是「高歌」之誤。
[643]　置：棄置。
[644]　路：路邊。
[645]　室女：未出嫁的女子。
[646]　方桑：專心採桑。
[647]　過：路過、經過。
[648]　自侍：自己整肅。

〈七諫〉

吾獨乖剌[649]（ㄌㄚˋ）而無當[650]兮，心悼怵[651]（ㄔㄨˋ）而耄[652]（ㄇㄠˋ）思。

思比干之悻（ㄆㄥ）悻[653]兮，哀子胥之慎事[654]。

【譯詩】

我恰好生在這樣一個不和諧的年代，心中悲傷恐懼而思緒糊塗。

想到商朝名臣比干忠誠而正直，又哀嘆伍子胥處事謹慎。

悲楚人之和氏[655]兮，獻寶玉以為石。

遇厲武[656]之不察[657]兮，羌[658]（ㄑㄧㄤ）兩足以畢[659]斮[660]（ㄓㄨㄛˊ）。

【譯詩】

悲嘆楚國人卞和，獻寶玉卻被說成是石頭。

遇到楚厲王和楚武王這種沒有辨別能力的糊塗蛋，兩條腿都被砍斷了。

[649] 乖剌：不和諧。
[650] 當：適合、適宜。
[651] 悼怵：悲傷而恐懼。
[652] 耄：昏亂、糊塗。
[653] 悻悻：忠直的樣子。
[654] 慎事：謹慎侍奉。
[655] 和氏：指卞和，楚國人，曾向楚王獻璞玉，後雕琢成璧，即和氏璧。
[656] 厲武：指楚厲王和楚武王。
[657] 不察：不明察。
[658] 羌：楚方言，發語詞。
[659] 畢：全、都。
[660] 斮：砍斷。

小人之居勢[661]兮，視忠正之何若[662]？

改前聖之法度兮，喜囁嚅[663]（ㄋㄧㄝˋ ㄖㄨˊ）而妄作[664]。

【譯詩】

志短才疏的人身在高位，把忠誠正直的人當成什麼？

隨意改變前代聖賢定下的法律和制度，相互竊竊私語而胡作非為。

親讒諛而疏賢聖兮，訟[665]謂閭娵[666]（ㄌㄩˊ ㄐㄩ）為醜惡。

愉近習而蔽遠[667]兮，孰知察其黑白？

【譯詩】

君王親近阿諛奉承之徒而疏遠賢能的人，美女閭娵被指責容貌醜陋。

君王被近臣包圍而排斥肱骨之臣，誰又能辨別是非對錯？

---

[661]　居勢：身在高處，指擔任高官。
[662]　何若：像什麼？
[663]　囁嚅：低聲說話、吞吞吐吐。
[664]　妄作：胡作非為。
[665]　訟：爭論。
[666]　閭娵：古代的美人，此處泛指美人。
[667]　蔽遠：疏遠。

〈七諫〉

卒[668]不得效其心容兮，安[669]眇眇[670]而無所歸薄[671]。
專[672]精爽[673]以自明兮，晦（ㄏㄨㄟˋ）冥冥[674]而壅（ㄩㄥ）蔽[675]。

【譯詩】

我終究不能向君王表達我的心意，前途渺茫沒有歸依的處所。

我精誠專一的證明自己，世道黑暗言路被阻斷。

年既已過太半[676]兮，然坎軻[677]（ㄎㄢˇ ㄎㄜˋ）而留滯。
欲高飛而遠集兮，恐離[678]罔[679]（ㄨㄤˇ）而滅敗。

【譯詩】

我的人生已經過去了一大半，可惜命運坎坷停留不前。

想遠走高飛去別的地方實現目標，又怕遭遇嚴酷的法網自絕生路。

---

[668] 卒：最終。
[669] 安：於是。
[670] 眇眇：高遠的樣子。
[671] 歸薄：依附。
[672] 專：專一。
[673] 精爽：指精神。
[674] 晦冥冥：形容昏暗的樣子。
[675] 壅蔽：指上升之路受阻，言路被阻塞。
[676] 太半：大半。
[677] 坎軻：同「坎坷」，比喻不得志。
[678] 離：通「罹」，遭遇。
[679] 罔：同「網」，羅網，比喻法網嚴酷。

獨冤抑[680]而無極[681]兮，傷精神而壽夭[682]。
皇天既不純命[683]兮，余生終無所依。

【譯詩】

獨自壓抑著冤屈不知何時是盡頭，精神遭到摧殘恐怕命不長。

上天既然如此反覆無常，我剩餘的歲月恐怕無所依靠。

願自沉於江流兮，絕[684]橫流[685]而徑逝[686]。
寧為江海之泥塗[687]兮，安能久見此濁世？

【譯詩】

我寧願跳進奔流的江水中，靈魂穿過水面而去往遠方。

我寧可成為江海底下的沙土，怎能夠久見這汙濁的世界？

【延伸】

這首詩寫的非常哀痛，充滿了壓抑，使用「沉淖」、「溷湛湛」、「溷溷」、「乖剌」等詞，如果說詞語也有顏色和方向，那這些詞彙的色調是晦暗的，方向是向下沉的，使整首詩歌都籠

---

[680]　冤抑：壓抑冤屈。
[681]　無極：沒有窮盡。
[682]　壽夭：生命長短。
[683]　不純命：反覆無常。
[684]　絕：穿過。
[685]　橫流：大水。
[686]　徑逝：指靈魂走遠。
[687]　泥塗：本指泥潭，此處指泥沙。

〈七諫〉

罩在一種無法用言語表達的悲傷之情,詩歌的調子是低沉的。這首詩雖然使用了明君賢臣的典故,如周文王和姜太公,齊桓公和甯戚,但詩歌的走向並不是明朗的,而是彷彿在語言的迷宮中,繞了一圈又一圈,依然看不到希望。詩人所表達的,也正是這種生不逢時的怨恨。

〈怨思〉

賢士窮而隱處[688]兮,廉方正[689]而不容。
子胥諫而靡軀[690]兮,比干忠而剖心。

【譯詩】

賢良的人沒有當官而潛藏,廉潔正直的人不被世道所容。
伍子胥勸諫吳王而死無葬身之地,比干忠誠而被挖出了心。

子推[691]自割而飼君兮,德日忘[692]而怨深。
行[693]明白而日黑兮,荊棘聚而成林。

【譯詩】

介之推割下自己腿上的肉填飽君主的肚子,恩德逐日遺忘

---

[688] 隱處:隱居而處,指沒被君主賞識。
[689] 廉方正:廉潔正直的人。
[690] 靡軀:沒留下屍體。
[691] 子推:介之推,追隨晉文公流亡的大臣。
[692] 德日忘:恩德逐日忘記。
[693] 行:操行、品行。

而怨恨加深。

品行高潔卻被汙衊敗德，荊棘叢生已經長成林。

> 江離[694]棄於窮巷兮，葹藜[695]蔓乎東廂[696]。
> 賢者蔽而不見兮，讒諛進而相朋[697]。

【譯詩】

香草被丟棄在窮街陋巷，惡草卻供奉在華美的東廂房。

賢臣遭受阻塞見不到君主，圍繞著君王的都是相互勾結的小人。

> 梟鴞[698]（ㄒㄧㄠ ㄒㄧㄠ）並進而俱鳴兮，鳳皇飛而高翔。
> 願一往[699]而徑逝[700]兮，道壅絕[701]而不通。

【譯詩】

小人們成群的在朝堂上喧譁，賢能的人都被排擠離去。

但願見君王一面就離開，路途斷絕與君王不相通。

---

[694] 江離：川芎，此處泛指香草。
[695] 葹藜：草本植物，此處比喻小人。
[696] 東廂：東邊的廂房，與「窮巷」相對而言，指良好的房屋。
[697] 相朋：為私利勾結的小團體。
[698] 梟鴞：貓頭鷹，泛指惡鳥，此處指小人。
[699] 一往：一直向前。
[700] 徑逝：消逝。
[701] 壅絕：壅塞路絕。

107

〈七諫〉

【延伸】

　　此詩接前篇的調子，仍然是低沉的、灰暗的，君子賢人被排斥，小人得到重用。即便是晉文公這樣的明君，也仍然有誤會賢人介之推的地方。晉文公重耳曾經和自己的支持者在外流亡達十九年之久，在追隨他的人中，就有介之推。有一次他們走了很遠的路，很久沒有東西吃，所有人都被餓的昏昏沉沉，突然介之推端來一碗香噴噴的肉湯，重耳因此填飽了肚子，他後來得知，那竟然是介之推從自己腿上割下來的肉。這是一個非常恐怖，也非常令人驚訝的故事。按理來說，後來登上國君之位的重耳，應該重用介之推，但他們之間卻疏遠了，介之推不願意與那些追逐權勢和名利的人為伍，隱居到一座綿山的山中。晉文公為了逼迫介之推出來，要人放火燒山，結果這位隱居者被燒死了。史書中關於介之推的紀錄非常少，且有語焉不詳的地方。東方朔的詩中，說「德日忘而怨深」，很可能在這對君臣中，發生了一些不快，但這些記載已經被抹掉了。透過「子胥」、「比干」、「介之推」這三個歷史典故，詩人想表達忠臣不得重用，小人在上位的憤懣，卻間接說明了君主時代臣子就像帝王的私屬品，命運是非常悽慘的。

〈自悲〉

居愁勤[702]（ㄑㄧㄣˊ）其誰告兮？獨永思而憂悲。
內自省而不慚兮，操[703]愈堅而不衰。

【譯詩】

平生愁苦向誰傾訴呢？唯有獨自思慮憂愁。
自我反省並無慚愧之處，操守愈來愈堅定而不減弱。

隱三年而無決[704]兮，歲忽忽其若頹[705]（ㄊㄨㄟˊ）。
憐余身不足以卒意[706]兮，冀一見而復歸。

【譯詩】

隱退三年仍未得到召回的命令，歲月匆匆像流水逝去。
可憐我無法盡意施展志向，希望見君王一面回故鄉。

哀人事之不幸兮，屬[707]天命而委之咸池[708]。
身被疾而不閒兮，心沸熱其若湯。

---

[702] 愁勤：愁苦。勤，痛苦。
[703] 操：操守。
[704] 無決：沒有決斷。
[705] 頹：本義為水向下流，此處形容歲月流逝。
[706] 卒意：盡意。
[707] 屬：同「囑」，託付。
[708] 咸池：天神的名字。

〈七諫〉

【譯詩】

可嘆人間事的不幸，只能將命運託付於神。
身患疾病還沒有痊癒，心中焦灼像滾沸的開水一樣。

冰炭不可以相並[709]兮，吾固知乎命之不長。
哀獨苦死之無樂兮，惜余年之未央[710]。

【譯詩】

冰冷與火熱不能相容，我本來就知道壽命不長。
可嘆我痛苦至死都未曾有快樂，可惜我的生命還未過半。

悲不反[711]余之所居兮，恨離予[712]之故鄉。
鳥獸驚而失群兮，猶高飛而哀鳴。

【譯詩】

可嘆我不能返回曾經的家園，憾恨離開了我的故鄉。
鳥獸驚奔和自己的族群離散，尚且高高飛翔悲哀鳴叫。

狐死必首丘[713]兮，夫人孰能不反其真情？
故人疏而日忘兮，新人近而俞[714]好。

---

[709] 相並：相容。
[710] 未央：未盡，還沒過半。
[711] 反：同「返」。
[712] 予：我。
[713] 首丘：頭朝山丘。
[714] 俞：同「愈」。

【譯詩】

狐狸死時頭必定朝向生活的山丘，身為人怎能不擁有這種感情？

老朋友們疏遠而一天天遺忘，新人親近而愈來愈親密。

莫能行於杳冥[715]兮，孰能施於無報？
苦眾人之皆然兮，乘迴風[716]而遠遊。

【譯詩】

不能總在幽暗中前行，誰能施捨而不求回報？

苦惱於人們都是這樣，我只能借旋風去遠遊。

凌[717]恆山[718]其若陋[719]兮，聊愉娛[720]（ㄩˊ ㄩˊ）以忘憂。
悲虛言之無實兮，苦眾口之鑠（ㄕㄨㄛˋ）金[721]。

【譯詩】

登上恆山而覺得一切渺小，我姑且娛樂而排遣憂愁。

可悲虛妄的話絲毫沒有實據，痛苦於悠悠眾口人言可畏。

---

[715] 杳冥：本義為昏暗。
[716] 迴風：旋風。
[717] 凌：攀登。
[718] 恆山：位於山西北部。
[719] 陋：小。
[720] 愉娛：娛樂。
[721] 鑠金：熔化金屬，比喻人言可畏。

〈七諫〉

遇故鄉而一顧兮,泣歔欷[722](ㄒㄩ ㄒㄧ)而霑衿[723]。
厭[724]白玉以為面兮,懷琬琰[725](ㄨㄢˇ ㄧㄢˇ)以為心。

【譯詩】

過故鄉我回頭相望,悲傷的眼淚落滿衣裳。
面敷白玉做妝容,我懷著一顆美玉般純潔的心。

邪氣入而感內[726]兮,施玉色而外淫[727]。
何青雲之流瀾[728]兮,微霜降之濛濛。

【譯詩】

邪氣相侵內有所感,玉石般的顏色依舊瑩潤。
為何烏雲翻滾遍布,迷濛的輕霜四處飄零。

徐風至而徘徊兮,疾風過之湯(ㄕㄤ)湯[729]。
聞南藩[730]樂而欲往兮,至會稽[731]而且止。

---

[722] 歔欷:哭泣、嘆息。
[723] 衿:衣襟。
[724] 厭:附著。
[725] 琬琰:指美玉。
[726] 感內:內有所感。
[727] 淫:浸漬、潤。
[728] 流瀾:遍布、散布,此處形容雲彩。
[729] 湯湯:形容水很大,此處指風。
[730] 南藩:南面的藩國。
[731] 會稽:山名,位於今浙江省中南部,古代帝王多在此設祭。

【譯詩】

風徐徐的吹來在此徘徊，強勁的風掃過草木狂搖。

聽說南部是一片樂土我欲前往，走到會稽我暫停了下來。

見韓眾[732]而宿之兮，問天道[733]之所在。

借浮雲以送予兮，載雌霓而為旌。

【譯詩】

看見神仙韓眾住在這裡，我向他請教長生之道。

借用一片浮雲送我遠去，把彩虹載於車上當旗幟。

駕青龍以馳騖兮，班衍衍[734]之冥冥。

忽容容[735]其安之兮，超[736]慌忽[737]其焉如？

【譯詩】

駕著青龍拉的車馳騁，車子飛快的飛向遠方。

飄忽不定無所憑藉，遙遠的地方恍惚一片不知是什麼？

---

[732]　韓眾：傳說中的仙人，本為齊國人，為齊王採藥，自己服用而成仙。
[733]　天道：長生之道。
[734]　班衍衍：形容飛快。
[735]　容容：紛亂動盪。
[736]　超：遙遠。
[737]　慌忽：隱約模糊，無法辨認，同「恍惚」。

〈七諫〉

> 苦眾人之難信兮，願離群而遠舉[738]。
> 登巒[739]山而遠望兮，好[740]桂樹之冬榮。

【譯詩】

痛苦於難以取信於眾人，我寧可離開人群去他方。

登上小山舉目遠眺，喜歡桂樹在冬天依舊欣欣向榮。

> 觀天火[741]之炎煬[742]兮，聽大壑[743]之波聲。
> 引[744]八維[745]以自道[746]兮，含沆瀣[747]（ㄏㄤˋ ㄒㄧㄝˋ）以長生。

【譯詩】

夜觀星空天火旺盛，日聽大海波濤洶湧。

拉著八根連接天地的繩索引導自己，吸風飲露以獲得生命的永恆。

---

[738] 舉：飛，指離開。
[739] 巒：小山。
[740] 好：喜愛。
[741] 天火：可能指天文現象，「觀天火」與下句「聽大壑」句式上對仗，充滿文學之美。
[742] 煬：形容熾熱。
[743] 大壑：此處指大海。
[744] 引：拿著。
[745] 八維：指四方和四隅。東、南、西、北稱為「四方」，東南、西南、東北、西北稱為「四隅」。神話傳說中八維各有一條繩索，繫在天上，用來固定大地。
[746] 道：通「導」。
[747] 沆瀣：指露水。

居不樂以時思兮，食草木之秋實[748]。

飲菌若[749]之朝露兮，構[750]桂木而為室。

【譯詩】

閒居不樂是因為心有憂慮，用秋天草木的果實充飢。

飲用掛在香草上的朝露，用桂木搭建我的住宅。

雜[751]橘柚以為囿[752]兮，列[753]新夷與椒楨[754]。

鵾[755]（ㄎㄨㄣ）鶴孤而夜號兮，哀居者[756]之誠貞。

【譯詩】

在園圃中混合栽種橘和柚，辛夷花椒和女貞都栽培成行。

鵾雞和仙鶴夜裡悲哀的鳴叫，哀憐退隱於此的人誠信且正直。

【延伸】

這是一首文采飛揚的詩歌，對後世影響很大。如「凌恆山其若陋兮」一句，便影響了唐代詩人杜甫，從而催生出「會當

[748] 實：果實。
[749] 菌若：菌和若，兩種香草的名字。
[750] 構：搭建。
[751] 雜：混合。
[752] 囿：本指園林，此處指園子。
[753] 列：整齊的栽培成列。
[754] 新夷、椒、楨：均為香草名。新夷，即辛夷。椒，花椒。楨，女貞。
[755] 鵾：鳥名，又稱鵾雞。
[756] 居者：指屈原。

115

〈七諫〉

凌絕頂，一覽眾山小」的句子。此外，如詩中的「觀天火之炎煬兮，聽大壑之波聲。引八維以自道兮，含沆瀣以長生。」對仗工整，意境幽遠，想像力瑰奇，令人胸臆為之一開。劉向代屈原立言的這首詩，將屈原刻劃的尤為豐滿。我們在這首詩中可以看到兩個層面的屈原，一面是對家國的全情投入，儘管被流放在外三年，一念及故國，依舊激情四溢，即詩中所說的「鳥獸失群」、「高飛哀鳴」以及「狐死首丘」。另一個層面則是乘風遠遊，駕龍而去，登山見桂，觀天聽海，吸風飲露，香木為屋，這是他身上超脫忘我的地方。借用希臘神話打個比方，我們可以說屈原身上並存兩種精神，一種是阿波羅（Apollo）的日神精神，一種是戴歐尼修斯（Dionysus）的酒神精神，前者代表理性、秩序，後者是恣意、超越；這兩種精神在屈原身上並存，也正展現了他身上政治家的色彩與詩人氣質的混合。在這首詩中，詩人的故國之思和遠遊高飛並不是分離的，而是糾纏在一起，這也正是這首詩的特點。

〈哀命〉

哀時命[757]之不合[758]兮，傷楚國之多憂。
內懷情[759]之潔白兮，遭亂世而離尤[760]。

---

[757]　時命：時世和命運。
[758]　合：符合。
[759]　懷情：懷著……情操。
[760]　離尤：遭遇憂患。

【譯詩】

可嘆我生不逢時，悲嘆楚國多災難。
我懷著純潔無瑕的情操，在亂世遭逢憂患。

惡[761]（ㄨˋ）耿介[762]之直行兮，世溷濁而不知。
何君臣之相失兮，上沅湘而分離。

【譯詩】

小人們厭惡性格耿介直道而行的人，世道混濁不重視賢良。
為何君臣之間失於彼此，我逆著沅水、湘水而離開君王。

測[763]汨羅之湘水[764]兮，知時固[765]而不反[766]。
傷離散之交亂[767]兮，遂側身[768]而既遠。

【譯詩】

我將以身量度汨羅江的深淺，我已然知道朝堂的醜惡不再返回。
悲傷於君臣分離後又相互埋怨，故而心中有恐懼而距君王愈遠。

---

[761]　惡：詆毀、中傷。
[762]　耿介：正直，不同於流俗。
[763]　測：度量水深淺。
[764]　汨羅之湘水：即汨羅江。
[765]　固：已然。
[766]　反：同「返」。
[767]　交亂：相互怨恨。
[768]　側身：戒備、恐懼。另說為置身。

〈七諫〉

處玄舍[769]之幽門[770]兮,穴[771]岩石而窟[772]伏[773]。
從[774]水蛟而為徒[775]兮,與神龍乎休息。

【譯詩】

我在暗室望著幽暗的門,隱居石窟中隱藏。

我追隨水中的蛟龍且彼此視為同類,與見首不見尾的神龍相止息。

何山石之嶄巖[776]兮,靈魂屈而偃蹇[777]。
含素水[778]而蒙深[779]兮,日眇眇而既遠。

【譯詩】

山嶺高峻而巍峨,靈魂卻委屈而困頓。

我在清潔而廣闊的水源飲水,太陽隱沒愈來愈遠。

---

[769] 玄舍:暗室。
[770] 幽門:昏暗的出入口。
[771] 穴:作動詞,隱居。
[772] 窟:洞穴。
[773] 伏:隱藏。
[774] 從:跟隨。
[775] 徒:同類。
[776] 嶄巖:高而險峻的山。
[777] 偃蹇:困頓。
[778] 素水:白水。
[779] 蒙深:即濛濛,盛多的樣子。

哀形體之離解[780]（ㄒㄧㄝˋ）兮，神罔兩[781]而無舍[782]。
唯椒蘭[783]之不反兮，魂迷惑而不知路。

【譯詩】

哀嘆我精疲力竭形容枯槁，神思恍惚無所依託。
子椒和子蘭不肯讓我回去，我的魂魄迷失了歸路。

願無過之設行[784]兮，雖滅沒[785]之自樂。
痛楚國之流亡[786]兮，哀靈脩[787]之過[788]到。

【譯詩】

我願堅持自己而沒有失誤，雖身名俱毀也以之為樂。
痛惜楚國一天天陷入危亡，哀憐楚王鑄成大錯。

固時俗之溷濁兮，志[789]瞀（ㄇㄠˋ）迷[790]而不知路。
念私門[791]之正匠[792]兮，遙涉江而遠去。

[780] 離解：形容精疲力竭。
[781] 罔兩：無所憑依的樣子。罔，通「惘」。
[782] 舍：止息、休息。
[783] 椒蘭：指楚國兩位大臣的名字。椒，楚國司馬子椒；蘭，楚國令尹子蘭。都被視為佞臣。
[784] 設行：施行，照自己的意志安排。
[785] 滅沒：指身名俱毀。
[786] 流亡：危亡。
[787] 靈脩：指楚王。
[788] 過：過錯。
[789] 志：心情。
[790] 瞀迷：心中煩亂迷茫。
[791] 私門：權門。指公權力出於私人之門。
[792] 正匠：政教。

〈七諫〉

【譯詩】

本來世俗就是這樣混濁，我不知去路心中充滿了煩亂。

念及權門以私心相教，我寧可渡過江去愈遠愈好。

念女嬃[793]（ㄒㄩ）之嬋媛[794]（ㄔㄢˊ ㄩㄢˊ）兮，涕泣[795]流乎於悒[796]（ㄨ ㄧˋ）。

我決死而不生兮，雖重追[797]吾[798]何及[799]。

【譯詩】

想到女嬃的關心牽掛，淚水橫流哽咽不已。

我決心赴死不再苟活，再三規勸又有何益。

戲[800]疾瀨[801]（ㄌㄞˋ）之素水[802]兮，望高山之蹇產[803]。

---

[793] 女嬃：早期注釋中多認為是屈原的姐（或妹），郭沫若《屈原賦今譯》作「女伴」，當為女性的泛稱。
[794] 嬋媛：關心而顯得痛心的樣子。
[795] 涕泣：哭泣的淚水。
[796] 於悒：憂愁鬱結。
[797] 重追：再次、再三追求。
[798] 吾：當作「其」。
[799] 及：追上。
[800] 戲：嬉戲。
[801] 瀨：急流。
[802] 素水：白水。
[803] 蹇產：蜿蜒曲折的樣子。

哀高丘[804]之赤岸[805]兮,遂沒身[806]而不反。

【譯詩】

我嬉戲在湍急的清水間,仰望高山蜿蜒陡峭。

嘆息於險峻的高山陡峭的河岸,隨即跳入江流沒有返回。

【延伸】

篇名出自首句「哀時命之不合兮」,這是東方朔替屈原寫的一篇「絕命辭」,是屈原最後的告別書。由於相同的境遇,東方朔未嘗不曾像屈原一樣,有過結束自己生命的想法。詩人借屈原之口,表達自己的痛苦,展現古代知識分子唯有寄身朝堂,才能施展才能的無奈。不然,只能像莊子那樣,脫離塵俗,隱身荒野。東方朔的詩,整體而言,是宣洩漢代儒家知識分子的苦悶。

〈謬諫〉

怨靈脩之浩蕩兮,夫何執操[807]之不固?
悲太山[808]之為隍[809](ㄏㄨㄤˊ)兮,孰江河之可涸?

---

[804] 高丘:高山。
[805] 赤岸:山崖。
[806] 沒身:指投身江流。
[807] 操:操守、氣節。
[808] 太山:即泰山,太同「泰」。或說泛指大山。
[809] 隍:沒有水的護城河,泛指深溝。

〈七諫〉

【譯詩】

　　我怨恨君王的無常不定，為什麼沒有堅守自己的操行？
　　我悲憤高山變成了深溝，為什麼江河也會乾涸？

　　願承閒[810]而效志[811]兮，恐犯忌[812]而干諱[813]。
　　卒撫情以寂寞兮，然怊悵而自悲。

【譯詩】

　　願等候機會報效君王，又害怕觸犯了他的忌諱。
　　最後我壓抑自己守住寂寞，然而心中充滿惆悵獨自悲傷。

　　玉與石其同匱[814]兮，貫[815]魚眼與珠璣[816]。
　　駑駿雜而不分兮，服[817]罷牛而驂驥。

【譯詩】

　　美玉和礫石在同一個櫃中收藏，死魚眼和珍珠串在一起。
　　劣馬和駿馬混雜不分，讓疲憊的牛和千里馬共同駕車。

---

[810]　承閒：等候時機。
[811]　志：志向。一本作「忠」。
[812]　犯忌：冒犯忌諱。
[813]　干諱：與「犯忌」略近，干犯忌諱。
[814]　匱：櫃子、箱子。
[815]　貫：穿連，指串起來。
[816]　珠璣：珠指寶珠，璣指不圓的珠子。此處泛指珠寶。
[817]　服：四匹馬拉一輛車，中間兩馬稱之為「服」。此處泛指拉車。

年滔滔[818]而自遠兮,壽冉冉而愈衰。

心悇憛[819]（ㄊㄨˊ　ㄊㄢˊ）而煩冤[820]兮,蹇[821]超搖[822]而無冀。

【譯詩】

歲月像流水般一天天逝去,年歲增長而身體漸弱。

我心中充滿了憂愁和冤屈,心中不安且全無希望。

固時俗之工巧兮,滅規矩而改錯[823]。

卻騏驥而不乘兮,策[824]駑駘[825]而取路。

【譯詩】

時下的流俗本就善於取巧,破壞法度改變舉措。

廢置千里馬不去駕乘,卻用鞭子抽著拙劣的馬上路。

當世豈無騏驥[826]兮?誠[827]無王良[828]之善馭。

見執轡者非其人[829]兮,故駶跳而遠去。

[818]　滔滔：本義為形容水流,此處指歲月流逝。
[819]　悇憛：形容憂愁、苦悶。
[820]　煩冤：煩悶、冤屈。
[821]　蹇：發語詞,無實義。
[822]　超搖：心中不安。
[823]　錯：通「措」,舉措。
[824]　策：本義為鞭子,此處作動詞,鞭策。
[825]　駑駘：劣馬。
[826]　騏驥：指駿馬,比喻人才。
[827]　誠：實在是。
[828]　王良：春秋時晉國人,善御馬。
[829]　非其人：不得其人。

〈七諫〉

【譯詩】

當世難道沒有優秀的人才？實在是缺乏像王良那樣善駕馭的人。

見駕車的不是真正的高手，駿馬也蹦跳著遠遠逃走了。

不量鑿[830]而正枘[831]（ㄖㄨㄟˋ）兮，恐矩矱[832]（ㄐㄩˇㄏㄨㄛˋ）之不同。

不論世[833]而高舉[834]兮，恐操行之不調[835]。

【譯詩】

不測量鑿孔就削製榫頭，恐怕尺寸難以吻合。

不觀察世風就推薦人，恐怕操行與需求無法調和。

弧弓[836]弛[837]而不張兮，孰云知其所至。

無傾危[838]之患難兮，焉知賢士之所死？

【譯詩】

弓弦鬆弛而無法射箭，誰也不知（繃緊）能射多遠。

[830] 鑿：此處作名詞，指木器上的下凹部分，用以容納榫頭。
[831] 枘：榫頭。
[832] 矩矱：法度，此處引申為尺寸。矩，尺。矱，尺度。
[833] 論世：觀察世道。
[834] 高舉：推崇良行。
[835] 調：調和。
[836] 弧弓：泛指弓。
[837] 弛：弓弦沒有繃緊。
[838] 傾危：傾覆危難，指國家有危險。

國家沒遇到傾覆的災難,怎知賢良的人不會為之殉難?

俗推佞[839]而進富[840]兮,節行張[841]而不著[842]。
賢良蔽而不群兮,朋曹[843]比而黨譽[844]。

【譯詩】

世俗喜好推崇奸佞與富貴之人,品行廉潔的人卻無顯著聲名。
賢良的人遭到排擠而被孤立,小人們結黨營私互相稱讚。

邪說飾而多曲兮,正法[845]弧[846]而不公。
直士隱而避匿兮,讒諛登乎明堂。

【譯詩】

邪說再偽飾也充滿了歪曲,違背正確的法度就會不公。
忠直的人隱居而避開藏匿,諂媚阿諛之徒就會擠滿朝堂。

---

[839]　推佞:推薦奸佞之徒。
[840]　進富:進獻富貴。
[841]　張:擴張。
[842]　著:顯著。
[843]　朋曹:朋輩。
[844]　黨譽:互相稱讚。
[845]　正法:正確的法度。
[846]　弧:違背。

125

〈七諫〉

棄彭咸[847]之娛樂兮，滅巧倕[848]（ㄔㄨㄟˊ）之繩墨。
菎蕗[849]（ㄎㄨㄣ ㄌㄨˋ）雜於黂蒸[850]兮，機蓬矢[851]以射革[852]。

【譯詩】

丟棄忠臣的進諫而沉溺娛樂，廢棄能工巧匠的尺度。
香草和麻稭混雜在一起，用不夠鋒利的箭射堅硬的護甲。

駕蹇驢[853]而無策[854]兮，又何路之能極？
以直針而為釣兮，又何魚之能得？

【譯詩】

駕著跛足的驢子拉的車卻沒有鞭子，哪條路能走到終點？
拿著筆直的針當釣鉤，又怎麼能釣到魚？

伯牙[855]之絕弦[856]兮，無鍾子期[857]而聽之。

---

[847] 彭咸：傳說為殷商時大夫，進諫得不到採納，投水殉國。後成為忠直敢諫者的代稱。
[848] 巧倕：傳說中的能工巧匠，名倕，堯帝時人。此處比喻賢良的人。
[849] 菎蕗：香草名。
[850] 黂蒸：指麻稭，古代點燃取暖或照明。
[851] 蓬矢：蓬蒿做的箭。
[852] 革：去毛的獸皮，此處指鎧甲。
[853] 蹇驢：跛足、駑劣而弱小的驢子。
[854] 策：鞭子。
[855] 伯牙：春秋戰國時晉國大夫。
[856] 絕弦：拉斷琴弦，代指不再彈琴。
[857] 鍾子期：樵夫名，與伯牙為好友，能聽得懂其琴聲中的深意，被稱為「知音」。

126

和[858]抱璞[859]而泣血兮,安得良工而剖[860]之?

【譯詩】

伯牙決意不再彈琴,是因為失去了鍾子期這位知音。
卞和抱著璞玉哭泣的淚成血,哪裡有良工為他雕琢?

同音[861]者相和兮,同類者相似。
飛鳥號[862]其群兮,麋鹿鳴求其友。

【譯詩】

音調相同可以相互唱和,同為族類故而彼此相似。
飛鳥大聲鳴叫是呼喊其他同伴,麋鹿鳴叫是呼喚其他朋友。

故叩[863]宮[864]而宮應兮,彈[865]角[866]而角動。
虎嘯而谷風至兮,龍舉[867]而景雲[868]往。

[858] 和:卞和,戰國時楚國人。卞和得到一塊沒有打磨的寶石,獻給楚厲王,楚厲王認為是一塊普通石頭,以欺君之罪砍斷了他的左腳。楚武王即位後,他再次獻玉,同樣不識貨的楚武王,砍斷了他的右腳。卞和抱著這塊玉石,在荊山下痛苦的眼淚出血。楚成王即位後,請良工雕琢這塊玉石,果然發現是美玉,這就是和氏璧。
[859] 璞:沒有開鑿的玉石。
[860] 剖:剖開、雕琢。
[861] 同音:音調相同的人。
[862] 號:大聲叫。
[863] 叩:敲擊。
[864] 宮:古代五音宮、商、角、徵、羽之一。
[865] 彈:彈奏。
[866] 角:古代五音之一。這兩句意思相似,用以比喻君臣同聲相和,同氣連枝。
[867] 舉:飛。
[868] 景雲:濃厚有光亮的雲,祥雲。

〈七諫〉

【譯詩】

因此叩擊宮調而宮聲相應,彈奏角聲角音響鳴。
老虎咆哮山谷而大風吹,神龍飛升於天而祥雲隨。

音聲[869]之相和兮,言物類之相感也。
夫方圓之異形兮,勢[870]不可以相錯[871]。

【譯詩】

音與聲相互協調,萬物之間相互感應。
方與圓不相吻合,不同的東西不能錯雜在一起。

列子[872]隱身而窮處兮,世莫可以寄託。
眾鳥皆有行列兮,鳳獨翔翔[873]而無所薄[874]。

【譯詩】

列子隱居世外而獨處,世人不知其所寄託。
天上的群鳥各自成群,只有鳳凰獨飛而無需依附。

---

[869] 音聲:古代「聲」和「音」是不同的概念。《禮記‧樂記》記載:「凡音之起,由人心生也。人心之動,物使之然也。感於物而動,故形於聲,聲相應,故生變,變成方,謂之音。比音而樂之,及干戚羽旄,謂之樂。」
[870] 勢:形狀。
[871] 錯:安放。通「措」。
[872] 列子:名列禦寇,戰國時思想家,道家學派人物,著有《列子》一書。
[873] 翔翔:翱翔。
[874] 薄:依附。

經濁世而不得志兮，願側身[875]巖穴而自託。
欲闔[876]口而無言兮，嘗被君之厚德。

【譯詩】

歷經混亂的世道不能施展志向，寧可隱居山洞以逃避。
我本想閉口不再談論政事，但曾得到君王的厚遇。

獨便悁[877]（ㄐㄩㄢ）而懷毒[878]兮，愁鬱郁之焉極？
念三年之積思兮，願一見而陳辭。

【譯詩】

獨自憂愁充滿怨恨，我的憂愁哪有盡頭？
懷念君王三年積聚深重的思念，願意一見君王陳說自己的想法。

不及君而騁說[879]兮，世孰可為明之？
身寢疾[880]而日愁兮，情沉抑而不揚[881]。
眾人莫可與論道兮，悲精神之不通。

---

[875] 側身：隱身，指隱居。
[876] 闔：閉。
[877] 便悁：憂愁。
[878] 毒：怨恨。
[879] 騁說：放言，盡情的說。
[880] 寢疾：臥病。
[881] 不揚：得不到釋放。

〈七諫〉

【譯詩】

未能遇到賢君而盡情陳說,世人誰能為我證明(忠貞)?
臥病在床整日憂愁,沉鬱壓抑的情感得不到釋放。
眾人都不可以與之談論大道,可憐我的忠心無人相通。

亂[882]曰:
鸞皇孔鳳日以遠兮,畜鳬[883]駕(ㄐㄧㄚ)鵝[884]。
雞鶩[885]滿堂壇[886]兮,鼃黽[887]游乎華池。

【譯詩】

尾聲:
鳳凰和鸞鳥逐日遠去,只剩下園囿裡飼養的野鴨野鵝。
庸人擠滿了朝堂,小人們占據了要津。

要裹[888](ㄧㄠ ㄋㄧㄠˇ)奔亡兮,騰駕橐(ㄊㄨㄛˊ)駝[889]。

---

[882] 亂:結尾用語。這段亂詞是〈七諫〉這首長詩的結尾。
[883] 鳬:野鴨。
[884] 駕鵝:野鵝。
[885] 雞鶩:雞鴨,比喻庸人。
[886] 堂壇:殿堂和祭壇。
[887] 鼃黽:蛙的一種。鼃,同「蛙」。與前文的「雞鶩」一樣,都比喻庸常之輩。
[888] 要裹:同「騕褭」,指駿馬。
[889] 橐駝:駱駝。

130

鉛刀[890]進御[891]兮,遙棄太阿[892]。

【譯詩】

駿馬遠去不見蹤影,人們騎著駱駝奔跑。

魯鈍的刀進獻給君王,寶劍卻被丟棄在遠方。

拔搴玄芝[893]兮,列樹芋荷。

橘柚萎枯兮,苦李旖旎[894](ㄧˇ ㄋㄧˇ)。

【譯詩】

拔除仙草靈芝,卻將惡草培植成行。

甘甜的橘樹和柚樹枯萎,苦澀的李子卻生長繁盛。

甂(ㄅㄧㄢ)甌[895](ㄡ)登於明堂兮,周鼎[896]潛潛乎深淵。

自古而固然兮,吾又何怨乎今之人!

【譯詩】

瓦盆被陳列在祭祀的明堂上,傳世寶鼎卻沉沒於深淵。

自古以來就是這樣,我又何必埋怨當今之人呢!

[890]　鉛刀:鉛質軟,故而鑄造的刀鈍,此處指鈍刀子。比喻魯鈍、愚笨的人。
[891]　御:進獻。
[892]　太阿:古代名劍的名稱,也稱為「泰阿」,後世為寶劍的代稱。
[893]　玄芝:神草。
[894]　旖旎:本義為旗幟隨風飄舞,此處形容繁盛。
[895]　甂甌:瓦、盆。比喻笨拙、庸常之人。
[896]　周鼎:周代鑄造的鼎,代指傳國重器。比喻人才。

〈七諫〉

【延伸】

「謬諫」，意為委婉的、婉轉的進諫。這首詩用了大量的比喻，而不是直接書寫，這也是詩歌的特點。如用「石」、「魚眼」、「駑馬」、「鉛刀」、「雞鶩」、「苦李」、「甌瓿」比喻小人和庸常之人，而用「玉」、「鳳凰」、「駿馬」、「太阿」、「周鼎」比喻賢能的人和忠臣，他以玉和石同在一個櫃子裡儲藏，魚目和明珠串在一起，比喻君王不辨賢愚忠奸，表達了自己的憤慨。詩中「無傾危之患難兮，焉知賢士之所死？」堪稱名句，後世唐太宗作〈贈蕭瑀〉，其中有「疾風知勁草，板蕩識誠臣」的句子，大體上表達的和這兩句是同個意思，可謂異曲同工。

東方朔在創作上模仿屈原和宋玉，可以說是對《楚辭》的某種繼承，不過有些地方沿襲痕跡過於明顯。如「卻騏驥而不乘兮，策駑駘而取路」、「見執轡者非其人兮，故騙跳而遠去」等句，便是直接引自宋玉〈九辯〉中的句子。「固時俗之工巧兮，滅規矩而改錯」則是從「何時俗之工巧兮，背繩墨而改錯」、「何時俗之工巧兮？滅規矩而改鑿」這兩句改易而來，「不量鑿而正枘兮，恐矩矱之不同」是從「圜鑿而方枘兮，吾固知其鉏鋙而難入」改易而來，類似句式很多，不再舉例。還有另外一種可能，就是漢代人在整理屈原、宋玉等人的作品時，進行了句式修訂，不排除修改時進行了重新敘述，這類句子是整合過程中留下的痕跡。但整體而言，這首詩文采飛揚，有很多琅琅上口，充滿格言色彩的句子，如「當世豈無騏驥兮，誠無

王良之善馭。見執轡者非其人兮，故駶跳而遠去」、「同音者相和兮，同類者相似。飛鳥號其群兮，鹿鳴求其友。故叩宮而宮應兮，彈角而角動。虎嘯而谷風至兮，龍舉而景雲往」，這些詩句嚴整，充滿了韻律之美，展現了詩人高超的藝術表達能力。

〈七諫〉

〈九懷〉

【作者及作品】

　　〈九懷〉的作者王褒是西漢蜀地資中（今四川資陽）人，字子淵，是當時著名的辭賦大家，與文學家揚雄（字子雲）並稱「淵雲」。

　　王褒好讀書，學問博洽，對屈原的辭尤為喜愛。益州刺史王襄聽聞王褒身負奇才，因此便請求相見，請他作〈中和〉、〈樂職〉，很合刺史大人的意，且要樂工為這些詩都譜了曲，從而傳播四方，王褒的詩名不脛而走。漢宣帝劉詢雅好文學和音樂，徵召博學之士入宮，王襄便上書推薦王褒，受詔作〈聖主得賢臣賦〉，由此進入漢王朝的宮廷。

　　漢宣帝任命王褒為金門待詔，名義上這個職務具有祕書性質，但實際上等同於清客，主要職能是為皇帝寫頌揚文章。後雖被擢升為諫議大夫，但大多數時候仍然是侍從宣帝出遊和打獵，滿足宣帝對文學和音樂的喜好，做些應對文字。王褒身懷大才，卻和宮廷裡那些娛樂皇帝的優伶、弄臣一樣，不免內心鬱郁，這一點與屈原在精神上是相通的。他作〈九懷〉，是代屈原立言，抒發自己的情感。東漢學者王逸在《楚辭章句》中說：「懷者，思也，言屈原雖見放逐，猶思念其君，憂國傾危而不能忘也。褒讀屈原之文，嘉其溫雅，藻採敷衍，執握金玉，委之

〈九懷〉

汙瀆，遭世溷濁，莫之能識。追而愍之，故作〈九懷〉，以裨其詞。」用白話解釋，就是王褒感念屈原雖然被流放，但仍然不忘國家和社稷，尤其是讀了屈原的文章，更加為之傾倒，心懷憐憫之意，故而寫了〈九懷〉這組詩。《漢書·王褒傳》說他「頗好神仙」，這恐怕也是〈九懷〉一詩中「上天入地，消遣於仙界」的意象來源之一。不得不說，王褒在再塑屈原藝術形象的方式是獨一無二的，他進一步將屈原藝術化，使他成為了「詩神」。

漢宣帝僅將王褒視為「詞臣」，恐怕也是詩人心中最大的痛。屈原的作品，使他產生了共鳴，故而這篇代屈原立言的作品，實際上也在抒發自己的心曲。〈九懷〉在內容和寫作風格上，都是對屈原騷體文學的繼承，後世劉向編訂《楚辭》，將此篇收錄其中，便是對王褒作品的認可。明代詩人楊慎對王褒不受重用，只被當做文學弄臣這一點，也有很明確的認知，他在詩中說：「偉曄靈芝髮秀翹，子淵擒藻談天朝。漢皇不賞〈賢臣頌〉，只教宮人詠〈洞簫〉。」詩中所說的〈洞簫〉，是王褒的名篇〈洞簫賦〉，王氏的賦大多形制不大，以詠物小賦最見趣味，文辭典雅，充滿唯美主義氣息，對漢語的豐富性產生很大的影響。

終其一生，王褒也未能擺脫文學侍從之臣的命運，他是奉命去蜀地祭祀的路上病逝的，享年40歲。《漢書·藝文志》記載，他留下了不少作品，不過在其身後千餘年的時光裡，大多失傳了，明代文學家張溥蒐集佚文，輯成《王諫議集》，收錄文章十餘篇，是我們今天能夠看到的、較為全面的文字。

〈匡機〉

極運[897]兮不中,來[898]將屈[899]兮困窮。

余深慇[900](ㄇㄧㄣˇ)兮慘怛[901](ㄉㄚˊ),願一列兮無從。

【譯詩】

大道執行不再不偏不倚,承受委屈而無路可走。

我憂慮深重並慘然不樂,想進言卻沒有門路。

乘日月兮上徵,顧[902]遊心[903]兮鄗(ㄏㄠˋ)酆[904](ㄈㄥ)。

彌覽[905]兮九隅[906],徬徨兮蘭宮[907]。

【譯詩】

乘駕日月向天上飛去,眷顧想念鎬京和酆京。

看遍了四方九州,徬徨於壯麗的宮殿。

[897] 極運:極力運轉。
[898] 來:當作「永」。
[899] 屈:委屈。
[900] 慇:同「憫」。
[901] 慘怛:憂傷、悲苦。
[902] 顧:眷顧。
[903] 遊心:言同追思。
[904] 鄗酆:鄗同「鎬」,是周武王姬發所建的都城,在今陝西省長安縣西南。酆,是周文王姬昌所建的都城,在今陝西省戶縣境內。後世以鄗酆代指周王朝。
[905] 彌覽:遍觀。
[906] 九隅:九州。
[907] 蘭宮:長滿香草的宮室,此處泛指王宮。

〈九懷〉

芷閣[908]兮藥[909]房,奮搖[910]兮眾芳。
菌[911]閣兮蕙樓,觀道[912]兮從橫。

【譯詩】

香草裝飾門廊和殿堂,飄散著濃郁的芳香。
香木和蕙花裝潢樓閣,樓宇間道路縱橫。

寶金兮委積[913],美玉兮盈堂。
桂水兮潺湲[914](彳ㄢˊ ㄩㄢˊ),揚流兮洋洋。

【譯詩】

珠寶和黃金隨地堆積,美玉陳列滿殿堂。
飄溢著香氣的水緩流,湧動著粼粼的波光。

蓍蔡[915]兮踴躍,孔鶴[916]兮迴翔。
撫檻兮遠望,念君兮不忘。
怫(ㄈㄨˊ)鬱[917]兮莫陳,永懷兮內傷。

---

[908] 閣:里巷的大門,此處泛指門。
[909] 藥:白芷。
[910] 奮搖:猛然飄起,或說花蓬勃生長。
[911] 菌:肉桂,香木。
[912] 觀道:樓臺旁的道路。
[913] 委積:堆積。
[914] 潺湲:水慢慢流動的樣子。
[915] 蓍蔡:卜卦用的大龜殼,此處指大龜。
[916] 孔鶴:巨大的仙鶴。
[917] 怫鬱:心情惆悵。

【譯詩】

老龜歡樂的奔跑，仙鶴在雲間翱翔。

手撫欄杆望向遠方，思念君王不能遺忘。

憂鬱惆悵無處訴說，長久的懷念並且悲傷。

【延伸】

「匡機」究竟指什麼，頗為費解，姜亮夫等學者將「匡」字解為「匡正」，則「匡機」有匡正危機之意。這首詩開篇就說天道執行出了問題，實則是指君主統治出現了混亂，詩人想進言，但沒有合適的途徑。故而，乘日月上達天界，遊覽宮觀樓臺，看遍奇珍異寶，儘管天上有長壽且活躍的靈龜、自由翱翔的仙鶴，但這並不能排遣他的悲傷。

王褒的辭賦，韻味十足，讀來充滿音樂感，已經有後世格律詩的音聲，略加改動，便是一首極佳的五言詩：「大道運不中，來日屈困窮。余心實慘然，進言無門徑。駕乘日月升，騁懷望鎬鄷。遍遊八荒地，徬徨芝蘭宮。白芷妝精舍，清香溢群芳。奇花樓閣見，宮道縱橫長。寶藏委地席，美玉滿華堂。清池水潺湲，揚流湧波光。靈龜態踴躍，神鳥恣迴翔。撫欄江湖遠，念君不可忘。憂鬱無人訴，永懷何惆悵。」

〈九懷〉

〈通路〉

天門 [918] 兮墜戶 [919]，孰由兮賢者？
無正 [920] 兮溷（ㄏㄨㄣˋ）廁 [921]，懷德兮何睹？

【譯詩】

天界之門和大地入口，賢者走哪一條路？
不正直的人混雜相處，懷有美德的人怎能無視？

假寐 [922] 兮愍 [923] 斯，誰可與兮寤語 [924]？
痛鳳兮遠逝，畜鴳 [925]（一ㄢˋ）兮近處。

【譯詩】

躺著假睡心中充滿悲憫，誰能與我同席對臥說話？
痛惜鳳凰遠飛，飼養的小鳥卻日漸親近。

---

[918] 天門：天界的門，此處指天。
[919] 墜戶：大地門戶，泛指地。
[920] 無正：沒有正義、正直。
[921] 溷廁：混亂錯雜。
[922] 假寐：小憩，假睡。
[923] 愍：同「憫」。
[924] 寤語：日夜相對而語。
[925] 鴳：通「鷃」，小鳥。

鯨鱏[926]（ㄒㄩㄣˊ）兮幽潛[927]，從蝦[928]兮遊渚[929]（ㄓㄨˇ）。

乘虯[930]（ㄑㄧㄡˊ）兮登陽[931]，載象[932]兮上行。

【譯詩】

大魚深潛於水中，小蝦米在淺水中興風作浪。

騎著龍飛上九天，騎著大象四處馳騁。

朝發兮蔥嶺[933]，夕至兮明光[934]。

北飲兮飛泉[935]，南採兮芝英[936]。

【譯詩】

早晨從蔥嶺出發，晚暮到達明光山。

向北到飛泉谷飲水，向南採集靈芝的花朵。

---

[926] 鱏：同「鱘」，大魚。
[927] 幽潛：潛藏在深水。
[928] 從蝦：小蝦。
[929] 渚：通「渚」，水中的小洲。
[930] 虯：虯龍。
[931] 登陽：上天。
[932] 載象：騎著神象。
[933] 蔥嶺：位於新疆西南，崑崙山、天山等都發脈於此。
[934] 明光：神話中晝夜明亮的丹丘。
[935] 　飛泉：神話中崑崙山的山谷。
[936] 芝英：靈芝的花。

141

〈九懷〉

宣遊[937]兮列宿[938]，順極[939]兮彷徉。
紅采[940]兮駢[941]（ㄒㄧㄥ）衣，翠縹[942]兮為裳。

【譯詩】

遊遍了天上的群星，環繞北極星遊蕩。
閃爍紅色光彩的虹為上衣，翠色淡青的雲為下裳。

舒佩[943]兮褷縰[944]（ㄌㄧㄥˊ ㄕˇ），竦[945]（ㄙㄨㄥˇ）余劍兮幹將[946]。
騰蛇[947]兮後從，飛駏[948]（ㄐㄩˋ）兮步旁。

【譯詩】

舒展環佩光燦琳瑯，手持寶劍長身玉立。
靈蛇跟從在後面，神獸伴隨在身旁。

[937] 宣遊：遍遊。
[938] 列宿：天上的星宿。
[939] 極：北極星。
[940] 紅采：紅色的光彩。
[941] 駢：赤紅色的馬。
[942] 翠縹：翠色淡青的帛。
[943] 佩：腰帶上的墜飾，多用玉石。
[944] 褷縰：衣裳毛羽下垂的樣子。
[945] 竦：持、握。
[946] 幹將：古代名劍，後用作寶劍的代稱。
[947] 騰蛇：傳說中會飛的蛇。
[948] 飛駏：神獸名。

微觀[949]兮玄圃[950],覽察[951]兮瑤光[952]。
啟匱[953](《ㄨㄟˋ)兮探筴[954](ㄘㄜˋ),悲命兮相當[955]。

【譯詩】

仔細的參觀天帝的花園,總覽璀璨的瑤光星。
開啟匣子取出占卜的工具,悲嘆我的命運非常不公。

紉[956]蕙兮永辭,將離兮所思。
浮雲兮容與,道[957]余兮何之?

【譯詩】

連綴香草永遠辭別,將要離開心有所念。
漂浮的雲悠悠不前,引導我向何方?

---

[949] 微觀:細微的觀察。
[950] 玄圃:同「懸圃」,傳說中神仙居住的地方。
[951] 覽察:總覽。
[952] 瑤光:星名,北斗的第七顆星。
[953] 啟匱:打開箱子。
[954] 探筴:取出占卜用的蓍草。
[955] 相當:非常。
[956] 紉:連綴,類同縫紉。
[957] 道:作動詞,引導。

〈九懷〉

遠望兮仟眠[958]，聞雷兮闐闐[959]（ㄊㄧㄢˊ）。

陰憂[960]兮感[961]余，惆悵兮自憐。

【譯詩】

眺望遠處的阡陌，我聽到滾動的雷霆。

深深的憂慮撼動著我，惆悵並顧影自憐。

【延伸】

「通路」，即出路，或者說當官出仕的路，既是指世俗意義上人的安身立命，也指一個人內在的出路。一個人在現實中沒有出路，必然陷入困窮；一個人的內在世界沒有出路，必然發瘋。這首詩的調子和前一首詩是一致的，詩歌的內容和結構也極為相似。小人上位，賢人遠離。出現了大魚潛入深水隱藏，而小魚、小蝦興風作浪的局面。在這種情況下，詩人駕著虯龍，騎著神象，以彩虹為衣，青雲為裳，腰間的玉珮叮噹，手中的寶劍閃爍寒芒，遊歷四極八荒，翱翔列星瑤光，靈蛇追隨在後，神獸陪伴在側……姿態之飄逸，樣貌之瀟灑，可謂天人。這一段充滿想像力的描寫，塑造了一個古今無二的「詩神」形象。

在〈九懷〉系列作品中，主體形象是一個「遠遊的詩神」，

---

[958]　仟眠：阡陌。
[959]　闐闐：盛大的樣子。
[960]　陰憂：同「隱憂」，深憂。
[961]　感：通「撼」。

他是歷史上的屈原。屈原的藝術形象和詩人內在的自我疊加，這種疊加深刻的影響了後世文人。一方面他們有著難以熄滅的家國情懷，另一方面在個體生命的追求上，又有著林泉之思。這首詩在全部九篇作品中寫的最好，結尾尤其精妙。營造出一種道路曖昧不明，陰雲四合，雷聲隆隆的氣氛，正所謂日暮途窮是也。這種感覺，在魏晉時期的名士阮籍身上有過，在南北朝時期的詩人庾信身上有過，在唐代大詩人杜甫身上同樣存在。阮嗣宗窮途哭返，庾子山則發出了「日暮途遠，人間何世」的慨嘆，杜甫更是說「幾年春草歇，今日暮途窮」。陳寅恪晚年詩中「一生負氣成今日，四海無人對斜陽」之句，未嘗沒有這種感情的存在。在這些意象裡，整個人類的命運和個人的感情糾結在一起，充滿了強烈的歷史感。

〈危俊〉

林不容兮鳴蜩[962]（ㄊㄧㄠˊ），余何留兮中州[963]？
陶[964]嘉月[965]兮總駕[966]，搴[967]（ㄑㄧㄢ）玉英[968]兮自修[969]。

---

[962]　蜩：蟬。
[963]　中州：指中土、中原。
[964]　陶：選。
[965]　嘉月：美好的月分。
[966]　總駕：聚集車馬。
[967]　搴：採摘、摘取。
[968]　玉英：玉樹的花。
[969]　自修：修飾自己，引為修養德行。

〈九懷〉

【譯詩】

　　林中不容鳴叫的蟬,我何必還留在中土?

　　選擇良辰吉日聚起車馬,採集好看的花朵裝扮自己。

　　結榮茞[970]（ㄔㄞˇ）兮逶逝[971],將去丞[972]兮遠遊。

　　徑岱[973]土兮魏闕[974],歷九曲[975]兮牽牛[976]。

【譯詩】

　　編織茞草慢慢的離去,離開君王去遠方遊歷。

　　經過泰山看到像宮闕般直立的山,穿過九重天走過牽牛星。

　　聊假日[977]兮相佯[978],遺光燿[979]兮周流[980]。

　　望太一[981]兮淹息[982],紆[983]余轡兮自休[984]。

---

[970]	結榮茞：用茞草的花朵打成結。
[971]	逶逝：慢慢離去。
[972]	丞：指國君。
[973]	岱：泰山。
[974]	魏闕：高大的宮闕,此處指像宮闕一樣相對的山。
[975]	九曲：九重天。
[976]	牽牛：牽牛星。
[977]	假日：假以時日。
[978]	相佯：又作「相羊」,徘徊。
[979]	遺光燿：贈予太陽的光輝。
[980]	周流：周遊。
[981]	太一：上古的最高神,此處代指太陽。
[982]	淹息：停滯不前。
[983]	紆：繫戴、佩戴。
[984]	自休：隨意休止。

【譯詩】

假以時日隨處遊蕩，帶著太陽的光芒周遊四方。

仰望最高的神靈暫且停下，繫住馬韁繩隨意休息。

> 晞[985]（ㄒㄧ）白日兮皎皎[986]，彌[987]（ㄇㄧˊ）遠路兮悠悠。
> 顧列[988]孛[989]（ㄅㄟˋ）兮縹縹[990]，觀幽雲[991]兮陳浮[992]。

【譯詩】

清晨的日光燦爛明亮，前行的道路悠長。

回頭看眾多彗星橫貫長空，看幽暗的雲影上下浮動。

---

[985] 晞：早上的太陽光。
[986] 皎皎：潔白明亮。
[987] 彌：遠、久長。
[988] 列：眾多。
[989] 孛：彗星。
[990] 縹縹：同「飄飄」，輕舉的樣子。
[991] 幽雲：色調暗淡的雲。
[992] 陳浮：上下浮動。

147

〈九懷〉

> 鉅寶[993]遷兮玢磤[994]（ㄆ一ㄣ 一ㄣ），雉[995]咸雊[996]（ㄍㄡˋ）兮相求。
> 泱莽莽[997]兮究志，懼吾心兮懤（ㄔㄡˊ）懤[998]。

【譯詩】

歲星遷移彷彿寶石相撞有聲，野雞求偶相互和鳴。
四野茫茫無邊際令人深思，我心懷憂愁難以放下。

> 步余馬兮飛柱[999]，覽可與兮匹儔[1000]。
> 卒莫有兮纖介[1001]，永余思兮怞（一ㄡˊ）怞[1002]。

【譯詩】

我的馬緩步於飛柱山下，看誰可以和我當伴侶。
最終也沒尋覓到忠貞之人，我的思緒綿綿憂愁不斷。

【延伸】

「危俊」，其義不明，有解釋作「處於危險境地的俊傑、賢人」，也能說得通。這首詩可以視為〈九懷〉這組「旅行組詩」

---

[993] 鉅寶：歲星。
[994] 玢磤：寶石撞擊的聲音。
[995] 雉：野雞。
[996] 雊：野雞的鳴叫聲。
[997] 泱莽莽：形容沒有邊際。
[998] 懤懤：憂愁深重的樣子。
[999] 飛柱：傳說中的神山名。
[1000] 匹儔：伴侶。
[1001] 纖介：細微。
[1002] 怞怞：憂愁的樣子。

的一部分。林中容不得鳴蟬，朝堂容不得諍臣，也就意味著不允許說真話。詩人從此踏上了旅行，或者說是放逐之路。他聽到鳥求偶的叫聲，想為自己找一個伴侶，可是在一個混濁的世界，持身耿介的人，實在是寥若晨星，知音哪那麼容易得到呢？就像唐代詩人李白〈月夜聽盧子順彈琴〉中說的那樣：「鍾期久已沒，世上無知音。」

他到達北方的荒漠，也曾深入迷人的星空；曾長久的凝視彗星，也曾矚目四合的雲氣……在大自然面前，他顯得如此孤獨。唐朝詩人陳子昂〈登幽州臺歌〉中說：「前不見古人，後不見來者。念天地之悠悠，獨愴然而涕下」，可以說古來優秀的詩人，都把個人的內在感情與深厚的歷史融合在一起，從而賦予詩歌一種蒼涼的底色。

〈昭世〉

世溷[1003]（ㄏㄨㄣˋ）兮冥昏[1004]，違君[1005]兮歸真[1006]。
乘龍兮偃蹇[1007]（一ㄢˇ ㄐ一ㄢˇ），高迴翔兮上臻[1008]（ㄓㄣ）。

[1003] 溷：渾濁、汙穢。
[1004] 冥昏：形容光線昏暗。
[1005] 違君：離開君王。
[1006] 歸真：回歸天然本性。
[1007] 偃蹇：屈曲。
[1008] 上臻：上飛到天際。臻，至。

〈九懷〉

【譯詩】

世道混亂而且昏暗,離開朝堂回歸天性。
騎著龍蜿蜒飛行,高高翱翔直達天邊。

襲[1009] 英衣[1010] 兮緹[緰][1011](ㄊㄧˊ ㄑㄧㄝˋ),披華裳兮芳芬。
登羊角[1012] 兮扶輿[1013],浮雲漠[1014] 兮自娛。

【譯詩】

穿上鮮亮的袍服,披上薰香四溢的披風。
乘著大風扶搖直上,在銀河間自娛自樂。

握神精[1015] 兮雍容[1016],與神人兮相胥[1017]。
流星墜兮成雨,進[1018] 矑(ㄌㄧㄥˊ)盼[1019] 兮上丘墟[1020]。

[1009] 襲:穿。
[1010] 英衣:鮮亮的衣著。
[1011] 緹[緰]:絲麻織物。緹,黃赤色絲織品。[緰],麻織衣物。
[1012] 羊角:古人為風取的名字,指旋風。
[1013] 扶輿:即扶搖,指盤旋而上。
[1014] 雲漠:銀河。
[1015] 神精:道家術語,精神與神氣。
[1016] 雍容:形容儀態大方、舒緩、從容不迫。
[1017] 胥:等待。
[1018] 進:進身。
[1019] 矑盼:左右顧盼、抬頭張望。
[1020] 丘墟:高大的山。

【譯詩】

散發著爽朗的精氣神儀態從容，我留下來等候神仙。

墜落的流星彷彿一場雨，進身顧盼著風景登上高大的聖山。

覽舊邦兮滃（ㄨㄥˇ）鬱[1021]，余安能兮久居。

志懷逝[1022]兮心懰（ㄌㄧㄡˊ）慄[1023]，紆[1024]（ㄩ）余轡兮躊躇[1025]（ㄔㄡˊ ㄔㄨˊ）。

【譯詩】

望見故國雲氣湧動，我怎能安心長住在這裡。

想離去但心中滿是憂愁，放鬆馬的韁繩徘徊不前。

聞素女[1026]兮微歌[1027]，聽王后[1028]兮吹竽。

魂悽愴[1029]（ㄑㄧ ㄔㄨㄤˋ）兮感哀，腸回回[1030]兮盤紆[1031]。

[1021]　滃鬱：形容雲氣湧動、盛出的樣子。
[1022]　懷逝：想要離去。
[1023]　懰慄：憂愁。
[1024]　紆：繫戴、佩戴。
[1025]　躊躇：猶豫、徘徊。
[1026]　素女：傳說中的仙子。
[1027]　微歌：輕歌。
[1028]　王后：神女名。
[1029]　悽愴：淒涼、悲傷。
[1030]　回回：迂迴曲折。
[1031]　盤紆：迂迴曲折。

151

〈九懷〉

【譯詩】

聽到了仙子的輕聲歌唱，神女吹奏著竽。
靈魂似乎出竅感傷且悲哀，思緒綿綿鬱結愁腸。

撫余佩[1032]兮繽紛，高太息[1033]兮自憐。
使祝融[1034]兮先行，令昭明[1035]兮開門。

【譯詩】

撫摸著我腰間璀璨的玉珮，大聲嘆息且自憐。
讓火神祝融當我的先行官，命守護天門的神將開啟門。

馳六蛟兮上徵，竦[1036]（ㄙㄨㄥˇ）余駕兮入冥[1037]。
歷九州兮索合[1038]，誰可與兮終生？

【譯詩】

駕著六條龍拉的車飛翔，振奮我的車駕進入幽幽天穹。
走遍九州大地尋求我的同儕，誰能與我伴隨一生？

[1032] 佩：古人腰間飾物，多為玉製。
[1033] 高太息：大聲嘆息。
[1034] 祝融：火神。
[1035] 昭明：光明。
[1036] 竦：敬肅，此處引申為振奮、震動。
[1037] 入冥：到幽遠的地方。
[1038] 索合：尋求志同道合的人。

忽反顧兮西圃[1039]（一ㄡˋ），睹軫（ㄓㄣˇ）丘[1040]兮崎傾[1041]。

横垂涕兮泫（ㄒㄩㄢˋ）流[1042]，悲余后[1043]兮失靈[1044]。

【譯詩】

忽而回頭看西方那片園林，看到高大險峻的山勢。

涕淚橫流瞬間而下，悲傷我的君王為人那麼糊塗。

【延伸】

詩名為「昭世」，昭為光明，詩名即「政治清明的時代」。而詩歌的內容寫的卻是一個昏昧的世道，這是一種反用手法，也就是詩人渴望政治清明。由於世道昏暗，詩人產生遁世心理，幻想自己離開現實，飛往蒼穹。這也是屈原常用的手法，王褒既為屈原立言，自然沿用了這個手法。不過，詩人的遁世並非對現實的逃避，他時刻關注著故國的情形，一旦得到召回的詔令，就會離開，返回朝堂。詩名「昭世」，實則是詩人內心的理想社會。

[1039]　西圃：西方的園圃。
[1040]　軫丘：高大險峻的山。
[1041]　崎傾：形容山勢險惡。
[1042]　泫流：流淚。
[1043]　后：指君王。
[1044]　失靈：喪失靈性，頭腦不清楚。

〈九懷〉

〈尊嘉〉

季春[1045]兮陽陽[1046],列草兮成行。
余悲兮蘭悴[1047],委積兮縱橫。

【譯詩】

暮春三月風和日麗,百草蔥蘢的生長。
我悲傷蘭花凋零,墜落的一片狼藉。

江離[1048]兮遺捐[1049],辛夷[1050]兮擠臧[1051]。
伊[1052]思兮往古,亦多兮遭殃。

【譯詩】

香草江離遭到拋棄,辛夷被排擠而隱藏。
古往今來的人們,也大多有這樣的遭遇。

[1045]　季春:農曆三月稱作季春。
[1046]　陽陽:形容風和日麗。
[1047]　悴:憔悴、凋零。一作「生」,亦可解。
[1048]　江離:香草名。
[1049]　遺捐:遺棄。
[1050]　辛夷:香木名。和前文的「江離」一樣,都比喻賢人。
[1051]　擠臧:被排擠而無聞。臧,同「藏」。
[1052]　伊:發語詞。

伍胥[1053]兮浮江，屈子兮沉湘[1054]。
運余[1055]兮念茲，心內兮懷傷。

【譯詩】

伍子胥死後被棄於江中，屈原殉國自沉於湘水。
轉而想到我自己的遭際，內心充滿了悲傷。

望淮[1056]兮沛沛[1057]，濱[1058]流兮則逝。
榜舫[1059]兮下流，東往兮磕磕[1060]。

【譯詩】

望著滔滔的淮河，站在水邊看逝水不息。
乘坐著船順流而下，東行的船上看見水石相激。

蛟龍兮導引，文魚[1061]兮上瀨[1062]。
抽蒲[1063]兮陳坐，援[1064]芙蕖[1065]（ㄑㄩˊ）兮為蓋。

[1053]　伍胥：指春秋時人伍子胥。
[1054]　湘：湘江，此處指汨羅江，湘是泛指。
[1055]　運余：轉過念頭想自己。
[1056]　淮：淮水。
[1057]　沛沛：形容水勢盛大。
[1058]　濱：水邊，作動詞，站在水邊。
[1059]　榜舫：船槳和船，此處當動詞，乘舟。
[1060]　磕磕：水石相激發出的聲音。
[1061]　文魚：有花紋的魚。
[1062]　瀨：急流。
[1063]　抽蒲：抽拔蒲草。
[1064]　援：引。
[1065]　芙蕖：即荷花。

〈九懷〉

【譯詩】

蛟龍當我的前導,美麗的大魚助我穿過激流。
抽取蒲草製成席而坐,用荷葉做我的傘蓋。

水躍兮余旌,繼以兮微蔡[1066]。
雲旗兮電騖[1067](ㄨˋ),倏[1068]忽兮容裔[1069](一ˋ)。

【譯詩】

飛濺的水花弄溼我的旗幟,細小的水草纏住了槳。
升起雲旗像閃電一樣疾行,船瞬間行於高低起伏的波浪中。

河伯[1070]兮開門,迎余兮歡欣。
顧念兮舊都,懷恨兮艱難。
竊[1071]哀兮浮萍,泛淫[1072]兮無根。

【譯詩】

水神河伯為我開門,歡樂的迎接我進入。
我忽然念及故都,傷心的邁不動步伐。
暗自哀傷自己隨波逐流,像沒有根的浮萍。

[1066] 微蔡:小草。
[1067] 電騖:像閃電一樣疾行。騖,急跑。
[1068] 倏:忽然。
[1069] 容裔:形容高低起伏。
[1070] 河伯:水神名。
[1071] 竊:暗自。
[1072] 泛淫:形容隨波漂浮。

【延伸】

　　尊，尊崇；嘉，美好。尊嘉，即尊崇美好的人或事物，從春天草木榮盛開始寫起，感嘆時光的流逝，蘭花凋謝，賢人命運坎坷，進而連結到自身，不由得憂愁從心頭起。接著筆鋒一轉，描寫在江流中揚帆起航，並在水族們的簇擁下開始冒險，河神對他熱烈歡迎，似乎忘記了之前的身世之嘆，然而他一念及故國，又不由得悲傷起來。從草木榮盛到凋零，進而放舟江流，以尋求生命的另外一種可能，這種寫法固然與屈原創造的意象有關，但也是漢代詩歌中常見的寫法，漢武帝〈秋風辭〉中除了沒有神話那部分外，其他意象均有相通處，不妨試觀之：「秋風起兮白雲飛，草木黃落兮雁南歸。蘭有秀兮菊有芳，懷佳人兮不能忘。泛樓船兮濟汾河，橫中流兮揚素波。簫鼓鳴兮發棹歌，歡樂極兮哀情多。」由此亦可見，「楚辭」這種騷體文學在漢代的影響，大者催生了大賦，小者則推動了漢詩的發展。

〈蓄英〉

秋風兮蕭蕭[1073]，舒芳[1074]兮振條[1075]。

微霜兮眇（ㄇ一ㄠˇ）眇[1076]，病殀[1077]兮鳴蜩。

[1073]　蕭蕭：風聲。
[1074]　舒芳：使花草綻放。
[1075]　振條：樹木枝條搖動。
[1076]　眇眇：微小的樣子。
[1077]　病殀：病喪夭亡。

〈九懷〉

【譯詩】

秋風颯颯的吹,搖動著草木的枝條。

細小的輕霜落下,鳴蟬已病喪夭亡。

> 玄鳥[1078]兮辭歸,飛翔兮靈丘[1079]。
> 望谿[1080]兮滃(ㄨㄥˇ)鬱[1081],熊羆兮呴嗥[1082](ㄏㄡ ㄏㄠˊ)。

【譯詩】

黑色的燕子離去,飛往靈丘山。

望著溪谷的雲氣,有熊在大聲咆哮。

> 唐虞[1083]兮不存,何故兮久留?
> 臨淵兮汪洋,顧[1084]林兮忽荒。

【譯詩】

堯和舜已不存在,我何故在此久留?

走近波濤洶湧的大淵,回頭看林木已恍惚不清。

[1078] 玄鳥:燕子。
[1079] 靈丘:神仙的居所,神山。
[1080] 谿:同「溪」。
[1081] 滃鬱:形容雲氣湧動。
[1082] 呴嗥:指野獸的咆哮。
[1083] 唐虞:堯與舜。
[1084] 顧:回頭看。

修余兮袿（ㄍㄨㄟ）衣[1085]，騎霓兮南上。
乘雲兮回回[1086]，亹（ㄨㄟˇ）亹[1087]兮自強。

【譯詩】

整理我的長袍，騎著彩虹向南去。
乘著雲氣盤旋，勉勵自己須自強。

將息[1088]兮蘭皋[1089]（ㄍㄠ），失志[1090]兮悠悠。
菸蘊[1091]（ㄈㄣˊ ㄩㄣˋ）兮黴黱[1092]（ㄉㄧˊ），思君兮無聊。
身去兮意存，愴[1093]（ㄔㄨㄤˋ）恨兮懷愁。

【譯詩】

在水邊長滿蘭花的小山上休息，喪失志向而憂鬱。
愁思聚集在汙黑的臉上，想念你愁悶不已。
此身雖去心意長存，深沉的恨意縈懷。

[1085]　袿衣：衫子、外衣。
[1086]　回回：形容盤旋而上。
[1087]　亹亹：形容勤勉不倦。
[1088]　將息：調養休息。
[1089]　蘭皋：水邊長滿蘭花的小丘。
[1090]　失志：失去志向。
[1091]　菸蘊：積聚。
[1092]　黴黱：臉上有汙垢。
[1093]　愴：悲傷。

〈九懷〉

【延伸】

　　蓄，蓄積；英，美德；蓄英，即累積美德之意。這首詩已初具五言詩的特點，尤其是第一部分，意象、修辭、音韻都已頗為成熟。詩從秋風搖撼草木的枝條寫起，秋涼後的第一場清霜降臨，鳴蟬也消失了。燕子離去了，大概是飛到傳說中的靈丘仙山。秋天的溪谷裡霧氣瀰漫，熊在大聲怒吼。這一段寫的實在是太美了，已完全脫離替屈原代言的窠臼，擁有山水詩的靈魂，尤其是「望谿兮滃鬱，熊羆兮呴嗥」一句，把山野的粗獷美寫的淋漓盡致，彷彿大自然的呼聲，令人為之傾心。

　　山野之美，未能留住詩人，他再度出發，下窺大淵，上遊九天。〈九懷〉各篇，單純從結構來看，似乎重複度很高，且有正規化，即由景入心，故而傷懷，然後放舟江海（或寄身林泉），與天地神族往來，再復傷心。歸納起來，就是傷心復傷心的模式。但是，單獨看各篇，就會發現他的這種「重疊」，實際上是把各種可能都寫盡，從而實現一種廣度。也正是這種寫法，大大拓展了詩歌意象的運用。

〈思忠〉

　　登九靈[1094]兮遊神[1095]，靜女[1096]歌兮微晨[1097]。

[1094] 九靈：九天。
[1095] 遊神：抒放精神。
[1096] 靜女：神女。
[1097] 微晨：黎明。

悲皇丘[1098]兮積葛,眾體錯兮交紛。

【譯詩】

登上九天散心,聽仙子在清晨唱歌。

悲嘆大山堆滿了葛草,眾多枝葉紛亂。

貞[1099]枝抑兮枯槁,枉[1100]車登兮慶雲[1101]。
感余志兮慘慄,心愴愴兮自憐。

【譯詩】

直的枝條被壓抑而枯槁,邪惡的人青雲直上。

想起我的志向內心慘痛,心中怏怏唯有自憐。

駕玄螭[1102](ㄔ)兮北征[1103],向[1104]吾路兮蔥嶺[1105]。
連五宿[1106](ㄒㄧㄡˋ)兮建旄[1107](ㄇㄠˊ),揚氛[1108]氣兮為旌。

[1098]　皇丘:美而大的山。
[1099]　貞:正直。
[1100]　枉:彎曲。
[1101]　慶雲:祥雲。
[1102]　玄螭:黑色的無角之龍,此處泛指龍。
[1103]　征:行。
[1104]　向:朝向。
[1105]　蔥嶺:位於新疆西南,崑崙山、天山等都發脈於此。
[1106]　五宿:金、木、水、火、土五星。
[1107]　旄:犛牛尾裝飾的旗子,此處泛指旗幟。
[1108]　氛:雲氣。

〈九懷〉

【譯詩】

駕著黑色的巨龍向北去,我的道路通往蔥嶺。
連線五座星宿高樹大纛,揚起雲氣做我的旗幟。

歷廣漠^[1109]兮馳騖^[1110](ㄨㄟ),覽中國兮冥冥。
玄武^[1111]步兮水母^[1112],與吾期^[1113]兮南榮^[1114]。

【譯詩】

穿越大漠繼續馳騁,遊覽中土漠漠無邊。
玄武神和水神,和我相約在南榮這個地方。

登華蓋^[1115]兮乘陽^[1116],聊逍遙兮播光^[1117]。
抽^[1118]庫婁^[1119]兮酌醴,援瓟(ㄅㄛˊ)瓜^[1120]兮接糧。

【譯詩】

登上華蓋星來到天上,姑且在北斗星間遊蕩。

[1109] 廣漠:遼闊的大地。
[1110] 馳騖:馳騁。
[1111] 玄武:古代四靈之一,形象為龜蛇。
[1112] 水母:水神。
[1113] 期:約會。
[1114] 南榮:南方。
[1115] 華蓋:星名。
[1116] 乘陽:上天。
[1117] 播光:即「瑤光」,北斗星的第七顆星。
[1118] 抽:引出。
[1119] 庫婁:星官名。
[1120] 瓟瓜:小瓜。此處為星名。

在庫婁星間痛飲美酒,在爬瓜星間索取食糧。

> 畢休息兮遠逝,發玉軔[1121](ㄖㄣˋ)兮西行。
> 唯時俗兮疾正,弗可久兮此方。
> 寤[1122](ㄨˋ)闢摽[1123](ㄅㄧㄠ)兮永思,心怫(ㄈㄨˊ)鬱[1124]兮內傷。

【譯詩】

休息夠了我將遠行,驅動車輪向西方。

想起流俗嫉恨正直的人,不可久留在這裡。

捶打胸部痛苦不堪,心中積鬱的苦痛是永久之傷。

【延伸】

詩名為「思忠」,即思念忠臣。因身邊無正直、賢能可用之人,才會思念忠臣,這意味著身邊已無忠臣。這是站在君王的角度而寫,也就是詩人換了自己的身分,從對方的視角出發。詩歌起首以葛草縱橫,貞枝枯槁來比喻國家政局的糟糕,繼而寫飛躍九天,遊歷星宿等遊仙經歷。相較於東方朔的〈七諫〉,王褒的詩更偏向於寫離開朝堂,行遊天地。儘管其中也表達了「身在江湖,心憂廟堂」這重含義,但從文學的偏重度

[1121] 發玉軔:啟程。軔,阻止車輪轉動的楔子形狀的小木頭,墊在車輪下,防止車輪滾動。取掉軔,即為啟程。
[1122] 寤:醒來,比喻覺醒。
[1123] 闢摽:捶拍胸部。摽,擊打。
[1124] 怫鬱:心情不暢。

163

〈九懷〉

而言,王褒將更多的筆墨,花在對行遊的細膩描寫上,這也印證了其「好神仙」之道的性格。文學表達,往往摻雜著作者本人的性格特點。

〈陶壅〉

覽杳(一ㄠˇ)杳[1125]兮世惟[1126],余惆悵兮何歸?
傷時俗兮溷(ㄏㄨㄣˋ)亂[1127],將奮翼兮高飛。

【譯詩】

看世道昏暗禮法喪盡,我心中的惆悵哪裡是歸宿?
感傷時俗渾濁紛亂,將振翅飛往更高的地方。

駕八龍兮連蜷[1128],建虹旌兮威夷[1129]。
觀中宇[1130]兮浩浩,紛翼翼[1131]兮上躋[1132]。

【譯詩】

駕著八條龍聯翩而飛,樹起彩虹旗隨風飄揚。
看天下浩蕩無邊,乘著風急速的向上飛去。

[1125] 杳杳:深遠、幽暗的樣子。
[1126] 世惟:世道。宋人洪興祖《楚辭補注》中「惟」作「維」。
[1127] 溷亂:混亂。
[1128] 連蜷:形容龍飛的樣子。
[1129] 威夷:同「逶迤」。
[1130] 中宇:即宇中,指天下。
[1131] 紛翼翼:形容數量眾多。
[1132] 躋:登上。

浮溺水[1133]兮舒光[1134],淹[1135]低徊[1136]兮京[1137]沠[1138](ㄔˊ)。

屯余車兮索友,睹皇公[1139]兮問師[1140]。

【譯詩】

漂浮在河流上閃爍微光,暫且停留於高大的水中之山。
停下我的車去訪友,見到天帝後向他請教。

道莫貴兮歸真[1141],羨余術[1142]兮可夷[1143]。

吾乃逝[1144]兮南娭[1145](ㄒㄧ),道幽路兮九疑。

【譯詩】

他說大道貴在返璞歸真,羨慕我有道術實在可喜。
我將到南方去嬉戲,取道幽暗的小徑到九嶷山。

[1133] 溺水:同「弱水」,傳說中的水名,在崑崙山。
[1134] 舒光:光彩煥發。
[1135] 淹:逗留。
[1136] 低徊:徘徊。
[1137] 京:高。
[1138] 沠:同「坻」,水中的小洲。
[1139] 皇公:指天帝。
[1140] 問師:請教。
[1141] 歸真:回歸天然本真。
[1142] 余術:我的修真之術。
[1143] 夷:同「懌」,喜悅。
[1144] 逝:往。
[1145] 娭:嬉戲。

〈九懷〉

越炎火兮萬里,過萬首[1146]兮嶷嶷[1147]。
濟江海兮蟬蛻[1148],絕北梁兮永辭。

【譯詩】

穿越火熱之地到萬里外,看見海中萬餘座高大的山。
渡過江海解體散形,穿過北方的河梁就此永別。

浮雲鬱兮晝昏,霾土[1149]忽兮塺(ㄇㄟˊ)塺[1150]。
息陽城[1151]兮廣夏[1152],衰色罔[1153]兮中怠[1154]。

【譯詩】

浮雲遮蔽下的白天也昏暗,陰霾和塵土四處飛揚。
停歇於陽城的高大房屋,容貌衰老精神也怠惰。

意曉陽[1155]兮燎寤[1156],乃自診[1157]兮在茲。

[1146] 首:山頭。
[1147] 嶷嶷:形容山勢高峻。
[1148] 蟬蛻:本指蟬蛻皮,此處指修仙得到解脫。
[1149] 霾土:塵土。
[1150] 塺塺:形容塵土飛揚。
[1151] 陽城:春秋時楚國地名。
[1152] 夏:通「廈」。
[1153] 罔:憂傷,失去志向。
[1154] 中怠:心中懈怠。
[1155] 曉陽:通「曉暢」。
[1156] 燎寤:通「了悟」,覺悟、明白。
[1157] 自診:自省。

> 思堯舜兮襲興[1158]，幸咎繇[1159]（ㄍㄠ ㄧㄠˊ）兮獲謀。
> 悲九州兮靡君，撫軾嘆兮作詩。

【譯詩】

心中暢達清醒的像火烤一般，就在這裡自我反省。
想到堯帝和舜帝相繼興起，有幸得到皋陶這樣的賢臣輔佐。
悲傷天下沒有明主，撫著車上的橫木賦詩一首。

【延伸】

詩名為「陶壅」，即鬱陶、心中憂悶。心中憂愁，故而需要發散。這是一首恢弘的遊歷詩，詩歌雖然短，但卻描寫了複雜而漫長的遊歷過程。從天上到大地，再從大地到海上。尤其是在海上的視角，極為逼真，彷彿在東南亞某處的大海中穿行，從船上看兀立的海中懸山，陡立的岸，有著十分強烈的似曾相識之感，這或許是詩人的第一視角描寫。

〈株昭〉

> 悲哉于嗟[1160]（ㄒㄩ ㄐㄧㄝ）兮，心內切磋[1161]。
> 款冬[1162]而生兮，雕彼葉柯。

[1158] 襲興：相繼興起。
[1159] 咎繇：即「皋陶」，傳說為舜的臣子，以司法公正著稱。
[1160] 于嗟：嘆息聲。
[1161] 切磋：內心如同刀割。古人稱雕刻骨器為切，雕刻象牙為磋。此處為引申義。
[1162] 款冬：植物名。

〈九懷〉

【譯詩】

我悲傷的長嘆,內心如同刀割。

款冬長的繁盛,大樹卻枝葉凋謝。

瓦礫[1163](ㄌㄧˋ)進寶兮,捐棄隨[1164]和[1165]。

鉛刀[1166]屬御[1167]兮,頓[1168]棄太阿[1169]。

【譯詩】

瓦塊被當成寶貝,玉璧被拋棄一邊。

魯鈍的人得到重用,太阿神劍卻被丟棄。

驥垂兩耳兮,中坂[1170]蹉跎[1171]。

蹇[1172](ㄐㄧㄢˇ)驢服駕[1173]兮,無用日多。

【譯詩】

駿馬低垂著兩耳,在半山坡上蹉跎不前。

跛足的毛驢拉著車駕,無能之輩愈來愈多。

[1163] 礫:石頭。
[1164] 隨:隋侯之珠。「隨」同「隋」。
[1165] 和:和氏璧。
[1166] 鉛刀:鉛質軟,故而鑄造的刀鈍,此處指鈍刀子。比喻魯鈍的人。
[1167] 屬御:受到重用,居於高位。
[1168] 頓:捨棄。
[1169] 太阿:上古寶劍名。
[1170] 中坂:山坡半途。
[1171] 蹉跎:失足、跌倒。
[1172] 蹇:跛、瘸。
[1173] 服駕:駕轅,指駕車。

修潔[1174]處幽[1175]兮，貴寵[1176]沙麷[1177]（ㄙㄨㄛ ㄇㄛˊ）。

鳳皇[1178]不翔兮，鶉鴳[1179]（ㄧㄢˋ）飛揚。

【譯詩】

有道德修為的人隱退，宵小之徒榮升。
鳳凰不再高飛，小雀鳥卻上竄下跳。

乘虹[1180]驂蜺[1181]（ㄘㄢ ㄋㄧˊ）兮，載雲[1182]變化。
鷦鵬[1183]（ㄐㄧㄠ ㄇㄧㄥˊ）開路兮，後屬[1184]青蛇。

【譯詩】

乘著彩虹以霓為馬，載著我的雲氣變化無窮。
神鳥為我開路，靈蛇在身後追隨。

[1174] 修潔：有道德修養的人。
[1175] 處幽：處於隱居處。
[1176] 貴寵：顯貴得寵。
[1177] 沙麷：即摩挲。
[1178] 鳳皇：同「鳳凰」。
[1179] 鶉鴳：鶉鴳和鷃雀，都是小鳥。比喻無能的人。
[1180] 乘虹：駕著彩虹。
[1181] 驂蜺：霓來拉車。
[1182] 載雲：乘載於雲。
[1183] 鷦鵬：五方神鳥之一，居於南方，似鳳凰。
[1184] 後屬：追隨在後。

〈九懷〉

> 步驟[1185] 桂林[1186] 兮,超驤[1187](ㄒㄧㄤ)卷阿[1188]。
> 丘陵翔舞兮,谿谷悲歌。

【譯詩】

朝著桂樹叢生的大林前進,穿越蜿蜒曲折的大山。
山丘為我起舞,溪谷為我悲歌。

> 神章靈篇兮,赴曲[1189] 相和。
> 余私娛茲兮,孰[1190] 哉復加[1191]?

【譯詩】

美妙的樂章神曲,合拍重疊。
我感到十分快樂,還有什麼再說的呢?

> 還顧[1192] 世俗兮,壞敗罔羅[1193]。
> 卷佩[1194] 將逝兮,涕流滂沱[1195]。

[1185] 步驟:或慢或快的行進。步,慢行;驟,快跑。
[1186] 桂林:桂樹的樹林。
[1187] 超驤:騰躍往前跑。
[1188] 卷阿:卷阿山。阿,大陵、高山。
[1189] 赴曲:合拍。
[1190] 孰:誰。
[1191] 復加:達到頂點。
[1192] 還顧:再次回頭。
[1193] 罔羅:捕捉鳥雀的網羅。
[1194] 卷佩:收拾行囊。
[1195] 滂沱:同「滂沱」,形容淚水多。

【譯詩】

回頭看世俗世界,綱紀法度都已敗壞。

收拾行李將要離去,涕淚橫流。

> 亂曰:
> 皇門[1196]開兮照下土[1197],株穢[1198]除兮蘭芷睹。
> 四佞[1199](ㄋㄧㄥˋ)放兮後得禹,聖舜攝[1200]兮昭[1201]堯緒[1202],
> 孰能若兮願為輔[1203]。

【譯詩】

尾聲:

天帝的門大開光照人間,剷除汙穢再度看到香草。

四大惡人被放逐之後大禹出現,聖明的舜帝光大了堯帝的事業,

誰是這樣的明主,我願為輔佐。

[1196] 皇門:指通向君主的門。
[1197] 下土:指人間。
[1198] 株穢:腐敗的草木,比喻壞人。
[1199] 四佞:傳說堯時的四個惡人,驩兜、共工、苗、鯀。
[1200] 攝:攝政。
[1201] 昭:發揚光大
[1202] 堯緒:唐堯留下的事業。
[1203] 輔:輔佐大臣。

171

〈九懷〉

【延伸】

詩名「株昭」，株，借為「誅」，義為責讓、誅除。昭，顯明、顯達。連貫起來，就是誅殺、逐出掌握權柄的壞人。此詩與東方朔〈七諫〉中的〈謬諫〉在意象的使用和寫作方式上，有很高的相似性，多處使用相同或相似的意象和結構，可看出王褒對東方朔的模仿。如東方氏詩中說：「鉛刀進御兮，遙棄太阿」，王氏詩中則說「鉛刀厲御兮，頓棄太阿」；東方氏用「服罷牛」（疲憊的牛），王氏則用「蹇驢服駕」（跛足的驢拉車）等。宋代學者朱熹不取王氏之作，大概也是源於這個緣由。

〈九思〉

【作者及作品】

　　在王逸之前，王褒作〈九懷〉，劉向作〈九嘆〉，就好像被屈原附身一般，大發憂憤之辭。《楚辭章句‧九思》篇前小序說：「〈九思〉者，王逸之所作也。逸，南陽人。博雅多覽。讀《楚辭》而傷愍屈原，故為之作解。又以自屈原終沒之後，忠臣介士遊覽學者讀〈離騷〉、〈九章〉之文，莫不愴然，心為悲感，高其節行，妙其麗雅。至劉向、王褒之徒，咸嘉嘆之。作賦騁辭，以贊其志。則皆列於譜錄，世世相傳。逸與屈原同土共國，悼傷之情，與凡有異。竊慕向、褒之風，作頌一篇。號曰〈九思〉，以裨其辭。」透過這篇序文，我們大體上知道王逸做〈九思〉的意旨了。宋人洪興祖為《楚辭章句》作補注時，卻提出了一個小的異議，他認為〈九思〉篇文前的小序和注不是王逸所作，而是王逸的兒子王延壽所作。近代學者俞樾《讀楚辭》則認為，應為魏晉時期人所作。

　　王逸生卒年已不可考，字叔師，南郡宜城（今湖北襄陽宜城）人。曾任豫州刺史、豫章太守等職，其作品據說有百餘篇傳世，可惜多散佚，以《楚辭章句》留存最為完整。後世的《楚辭》注本多以王本為基礎。事實上，「楚辭」這種文體，並不終於王逸，王逸之外的很多文學家都有創作，如朱熹的《楚

〈九思〉

　　辭集注》就收錄了揚雄和賈誼的作品，清初三大家之一的王夫之撰《楚辭通釋》，則將梁人江淹的〈山中楚辭〉、〈愛遠山〉收錄在內，並在末一卷效仿王逸，收入了他自己所寫的〈九昭〉。

　　王逸不是《楚辭》的最早作注者，據文獻記載，最早作注者可能是西漢的淮南王劉安，不過劉氏僅注〈離騷〉一篇，且今已不存。王注本就成為現存最早，也最完整的版本，後人研究《楚辭》，多以之為宗。宋人洪興祖在這個基礎上作補注，從而使之更加完備，也使之影響更大。

　　〈九思〉從內容上來說，貫穿著一條線索：〈逢尤〉、〈遭厄〉寫屈原被讒言毀謗，心中的悲憤之情；〈怨上〉寫他對主君的怨恨，但又懷有希望的矛盾心情；〈憫上〉則包含深深的同情與憐憫之心；〈疾世〉、〈悼亂〉寫屈子所處的混亂時代；〈傷時〉、〈哀歲〉寫時光流逝，志向不得施展而傷懷；最後一篇〈守志〉則以神話人物的身分實現理想而結束。每篇之間並非嚴格的承接關係，每一篇都能獨立成篇，就像九個獨立的獨白劇。但各篇之間又有內在連結，就像九顆明珠，串起來後，就成為一串珍貴的項鍊。

　　從文學角度來說，王逸的作品更加成熟，語言也更富多樣性。在表達方式上，王逸更進一步，塑造出一個形象更加具體的詩人、愛國者屈原。當然，他也沿襲了劉向，王褒的一些窠臼，比如在主題上，依舊停留在奸臣當道、忠臣被逐、身懷美德之人的政治理想無法實現這些內容上，而沒有打破這個固定的文字方式。

〈逢尤〉

悲兮愁,哀兮憂,天生我兮當闇時[1204](ㄢˋ),
被諑譖[1205](ㄓㄨㄛˊ ㄗㄣˋ)兮虛[1206]獲尤[1207](ㄏㄨㄛˋ ㄧㄡˊ)。
心煩憒[1208](ㄈㄢˊ ㄎㄨㄟˋ)兮意無聊[1209],嚴載駕[1210]兮出戲遊[1211]。

【譯詩】

悲傷啊哀愁,哀怨啊煩悶,我出生遇上這晦暗的時代。
被謠言攻擊而平白無故地遭到怨恨。
心煩意亂而不快樂,整理行裝去行遊。

[1204] 闇時:昏暗的時代。
[1205] 諑譖:讒言誣陷。諑,讒言、謠言。
[1206] 虛:平白無故地。
[1207] 獲尤:遭到怨恨。
[1208] 煩憒:心煩意亂。
[1209] 無聊:不快樂。
[1210] 嚴載駕:整飭車駕。
[1211] 戲遊:遊玩,此處指逸樂。

〈九思〉

周[1212]八極[1213]兮歷[1214]九州[1215]，求軒轅[1216]（ㄒㄩㄢ ㄩㄢˊ）兮索重華[1217]（ㄔㄨㄥˊ ㄏㄨㄚˊ）。

世既卓[1218]兮遠眇眇，握佩玖[1219]（ㄆㄟˋ ㄐㄧㄡˇ）兮中路躇[1220]（ㄔㄨˊ）。

【譯詩】

走遍八方九州之地，求見軒轅黃帝求索舜帝重華。

偉大的時代已經消逝冥冥，我懷揣美玉在中途徬徨不已。

羨[1221]（ㄒㄧㄢˋ）咎繇[1222]（ㄍㄠ ㄧㄠˊ）兮建典謨[1223]（ㄅㄧㄢˇ ㄇㄛˊ），懿[1224]（ㄧˋ）風后[1225]兮受瑞

[1212] 周：周遊、環繞。
[1213] 八極：八方的盡頭，形容非常遠的地方。
[1214] 歷：遊歷。
[1215] 九州：指代中國。
[1216] 軒轅：即黃帝。生於姬水，故而姬姓；居於軒轅之丘，故號軒轅氏；建都城於有熊，故又稱有熊氏。有些古籍上，還稱他為帝鴻氏。是中華民族的人文始祖。
[1217] 重華：即舜帝，名重華，古籍記載為黃帝的八世孫，帝顓頊的六世孫。生於姚墟（另說諸馮），故而姚姓；國號虞，所以又稱虞舜。傳說他是重瞳，也就是眼睛裡有兩個瞳孔。娶了堯帝的兩個女兒，娥皇和女英。
[1218] 卓：遙遠。
[1219] 佩玖：用作配飾的淺黑色石頭。
[1220] 躇：彷徨。
[1221] 羨：羨慕。
[1222] 咎繇：即皋陶，偃姓（另說為嬴姓），皋氏，名繇，舜帝的大臣，執掌刑獄，以公正著稱，是中國古代史籍所載最早的司法官員。
[1223] 典謨：《尚書》中〈堯典〉、〈舜典〉、〈大禹謨〉和〈皋陶謨〉的並稱，也代指《尚書》。
[1224] 懿：稱讚、讚美。
[1225] 風后：傳說是伏羲氏的後裔，風姓，是黃帝的大臣，在黃帝征戰蚩尤的軍事行動中立下大功。

圖[1226]（ㄖㄨㄟˋ ㄊㄨˊ）。

愍[1227]（ㄇㄧㄣˇ）余[1228]命兮遭六極[1229]，委玉質兮於泥塗。

【譯詩】

羨慕皋陶遇到明主建立法紀，讚美風后得到上天所賜的圖籍。

可憐我命運不濟遭遇種種苦難，如同美玉丟棄在爛泥裡。

遽[1230]（ㄐㄩˋ）偟遑[1231]（ㄓㄤ ㄏㄨㄤˊ）兮驅林澤，步屏營[1232]兮行丘阿[1233]（ㄑㄧㄡ ㄚ）。

車軏[1234]（ㄩㄝˋ）折兮馬虺隤[1235]（ㄏㄨㄟ ㄊㄨㄟˊ），憃悵[1236]（ㄔㄨㄥ ㄔㄤˋ）立兮涕滂沱[1237]（ㄆㄤ ㄊㄨㄛˊ）。

[1226] 瑞圖：上天所賜的、代表天命的圖籍。
[1227] 愍：憐憫、惻隱。
[1228] 余：我，第一人稱代詞。
[1229] 六極：《書經·洪範》中記載的六種壞事，一為凶、短、折，二為疾，三為憂，四為貧，五為惡，六為弱。
[1230] 遽：匆忙。另說通「遂」，於是。
[1231] 偟遑：張皇失措。
[1232] 屏營：彷徨。
[1233] 丘阿：山丘的轉曲處。
[1234] 軏：古代馬車的車轅和橫木連接的部位。
[1235] 虺隤：疲病。《詩經·周南·卷耳》中說：「陟彼崔嵬，我馬虺隤」，同此意。
[1236] 憃悵：惆悵失意。
[1237] 滂沱：即滂沱，形容淚水多。

〈九思〉

【譯詩】

匆忙而張皇的驅車到林中水邊，徬徨的行進到大山的僻靜處。

車轅折斷了馬也病倒了，惆悵的淚水滾滾而下。

思丁[1238]文[1239]兮聖明哲，哀平[1240]差[1241]兮迷謬愚[1242]（ㄇㄧㄡˋ ㄩˊ）。

呂[1243]傅[1244]舉兮殷（ㄧㄣ）周[1245]興，忌[1246]嚭[1247]（ㄆㄧˇ）專兮郢[1248]（ㄧㄥˇ）吳虛[1249]。

[1238] 丁：指武丁，即殷高宗，子姓，名昭，商王盤庚之侄，商王小乙之子，殷商第二十二任君主，實現了殷商王朝的中興。
[1239] 文：指周文王，姬姓，名昌，西周王朝的奠基人。
[1240] 平：指楚平王，著名的昏君，寵用奸佞，死後國都被攻破，被伍子胥掘墓鞭屍。
[1241] 差：指吳王夫差，寵愛奸佞，排斥伍子胥，最後被越國滅國，自殺身亡。
[1242] 謬愚：荒謬而痴愚。
[1243] 呂：指姜太公，姓姜，名尚，字子牙。因其先祖封於呂，故而又稱「呂尚」。輔佐文王、武王，治理周國，並與武王一起翦滅商王朝，是建立西周的大功臣，被尊為「尚父」，後被封到齊，為齊國的開國君主。
[1244] 傅：指傅說，名說，是傅巖的築牆奴隸，殷高宗發現其才華後，任命為自己的宰相，是著名的政治家、軍事家。
[1245] 殷周：殷商王朝和周王朝。
[1246] 忌：指費無忌，楚平王時的著名奸臣，陷害太子建，導致太子逃亡遇害；構陷大臣伍奢、伍尚、伍員父子，使伍奢、伍尚被殺，伍員（即伍子胥）逃亡吳國。因其讒言誤國，最後被令尹子常誅殺。
[1247] 嚭：指伯嚭，春秋後期吳國大夫。原為楚國貴族，因被排擠逃到吳國，獲吳王重用，讒言陷害伍子胥，導致伍子胥疏遠、賜劍自殺。吳國亡國後，被越王處死。
[1248] 郢：楚國都城。
[1249] 吳虛：指吳國被滅後，都城被毀棄，成為廢墟。

【譯詩】

　　思慕殷高宗和周文王的聖明智慧，哀嘆楚平王和吳王夫差的荒謬愚蠢。

　　傅說和姜太公得到重用，商朝和周朝興盛，費無忌和伯嚭專權，楚國和吳國的都城成為廢墟。

> 　　仰長嘆兮氣[1250]（一ㄝ）結，悒殟[1251]（一ˋ ㄨㄚˋ）絕兮咶[1252]（ㄏㄨㄞˋ）復甦。
> 　　虎兕[1253]（ㄙˋ）爭兮於廷中，豺（ㄔㄞˊ）狼鬥兮我之隅[1254]（ㄩˊ）。

【譯詩】

　　仰天長嘆氣息鬱結，昏倒後又喘息著醒過來。

　　猛虎和犀牛般的殘暴之人在朝堂上相爭，豺狼般的奸臣在我身旁。

[1250]　饐：同「噎」，食物塞住咽喉，氣透不過來。
[1251]　悒殟：昏厥。
[1252]　咶：喘息。
[1253]　兕：犀牛，比喻凶殘的人。
[1254]　隅：角落，此處指身旁。

〈九思〉

雲霧會兮日冥晦[1255]（ㄇㄧㄥˊ ㄏㄨㄟˋ），飄風[1256]起兮揚塵埃。

走邌罔[1257]（ㄔㄤˋ ㄨㄤˇ）兮乍東西，欲竄伏[1258]兮其焉如[1259]？

【譯詩】

烏雲四合日色昏暗，旋風吹揚起了塵土。
悵惘失意東西亂走，想逃竄隱藏能去哪裡？

念靈閨[1260]兮隩[1261]重深，願竭節[1262]兮隔無由[1263]。
望舊邦兮路逶隨[1264]，憂心悄[1265]兮志勤劬[1266]（ㄑㄩˊ）。
魂煢（ㄑㄩㄥˊ）煢[1267]兮不遑[1268]（ㄏㄨㄤˊ）寐[1269]（ㄇㄟˋ），目眽（ㄇㄛˋ）眽[1270]兮寤（ㄨˋ）[1271]終朝[1272]。

[1255] 冥晦：昏暗。
[1256] 飄風：旋風。
[1257] 邌罔：悵惘失意的樣子。
[1258] 竄伏：逃竄隱藏。
[1259] 焉如：到哪裡去。
[1260] 靈閨：指君主的宮室。
[1261] 隩：房屋內部西南角，引申為內室深處。
[1262] 竭節：竭盡忠誠。
[1263] 隔無由：遭到阻隔無法與君主取得聯繫。
[1264] 逶隨：曲折而遙遠。
[1265] 悄：憂傷的樣子。
[1266] 勤劬：辛勤勞累。
[1267] 煢煢：孤獨的樣子。
[1268] 不遑：沒有閒暇。
[1269] 寐：入睡。
[1270] 眽眽：眼睛睜著。
[1271] 寤：醒來。
[1272] 終朝：整天，此處指整個晚上。

【譯詩】

思念君主但是宮廷太深，願竭盡忠誠但是無法見到君王。
回望故國的路遙遠而曲折，憂心忡忡的辛苦勤勞。
孤獨的夜晚無法入睡，眼睛大大睜著一整個晚上。

【延伸】

「逢」，遭逢；「尤」，禍患。逢尤，指的是屈原遭遇的不平待遇。此篇為〈九思〉之首，以軒轅、舜帝、武丁、周文王等君主之明，風后、皋陶、傅說、姜太公之賢，表達作者對明君賢臣政治理想的追求。反過來，楚平王這樣的昏聵之君，身邊有費無忌這樣的佞臣；夫差這樣剛愎自用的君主，身邊有伯嚭這樣的讒臣，導致忠良被逐，身死國破，鞭撻了昏庸的統治者和姦邪對國家的危害。詩以正反兩方面的歷史為鑑，襯托詩人的探索和追求，最終落筆到雖九死而不悔的家國情懷。作為開篇之詩，奠定了後面各篇的基調。

〈九思〉

〈怨上〉

令尹[1273]（ㄉㄧㄥˋ ㄧㄣˇ）兮謷（ㄠˋ）謷[1274]，群司[1275]兮讻（ㄋㄡˊ）讻[1276]。

哀哉兮淈（ㄍㄨˇ）淈[1277]，上下兮同流。

【譯詩】

令尹大人驕傲妄言，百官喜歡多嘴多舌。

哀嘆朝政混亂，上下同流合汙。

菽藟[1278]（ㄕㄨˊ ㄌㄟˇ）兮蔓衍[1279]（ㄇㄢˋ ㄧㄢˇ），芳蘺[1280]（ㄒㄧㄠ）兮挫（ㄘㄨㄛˋ）枯[1281]。

朱紫[1282]兮雜亂，曾[1283]莫[1284]兮別諸[1285]。

[1273] 令尹：春秋時楚國的最高官職，對內主持政務，對外執軍事大權，多由羋姓貴族擔任。
[1274] 謷謷：傲慢且胡言亂語。
[1275] 群司：百官。
[1276] 讻讻：多嘴多舌的神態。
[1277] 淈淈：形容混亂。
[1278] 菽藟：豆類，此處指小人。
[1279] 蔓衍：滋生。
[1280] 芳蘺：芳香的白芷。
[1281] 挫枯：摧折、枯萎。
[1282] 朱紫：朱為正色，紫為雜色，比喻正邪。
[1283] 曾：竟。
[1284] 莫：沒有、無。
[1285] 別諸：即「別之於」，分辨。

【譯詩】

豆類到處生長，白芷枯萎凋零。

硃色和紫色混雜在一起，竟然無人能夠分辨。

倚[1286]此兮巖穴，永思兮窈悠[1287]（一ㄠˇ 一ㄡ）。
嗟（ㄐ一ㄝ）懷[1288]兮眩惑[1289]（ㄒㄩㄢˋ ㄏㄨㄛˋ），用志兮不昭[1290]。

【譯詩】

倚靠著山洞，思緒綿綿不絕。

可嘆懷王被迷惑，忠貞的心意不會昭彰。

將喪兮玉斗[1291]，遺失兮鈕樞[1292]（ㄋ一ㄡˇ ㄕㄨ）。
我心兮煎熬（ㄐ一ㄢ ㄠˊ），唯是兮用憂。

【譯詩】

將喪失北斗星，失去指路的路標。

我的心就像被油煎炸一樣，念及此事充滿了痛苦。

[1286] 倚：倚靠。
[1287] 窈悠：深遠的樣子。
[1288] 懷：楚懷王。
[1289] 眩惑：被迷惑。
[1290] 昭：顯明。
[1291] 玉斗：北斗七星。
[1292] 鈕樞：北斗七星中的第一顆星天樞星。

〈九思〉

進惡[1293]兮九旬[1294]，復顧兮彭務[1295]。

擬斯兮二蹤，未知兮所投。

【譯詩】

想起被叛亂之臣殺害的仇牧和荀息，又想到投水而死的彭咸和務光。

想要追隨二位賢人的蹤跡，只是不知該去哪裡。

謠吟（一ㄠˊ 一ㄣˊ）兮中壄[1296]（一ㄝˇ），上察兮璇璣[1297]（ㄒㄩㄢˊ ㄐㄧ）。

大火兮西睨[1298]（ㄋㄧˋ），攝提[1299]（ㄕㄜˋ ㄊㄧˊ）兮運低。

【譯詩】

行吟在荒野之中，抬頭看天象。

大火星向西斜，攝提星向下方執行。

雷霆（ㄉㄟˊ ㄊㄧㄥˊ）兮硠磕[1300]（ㄌㄤˊ ㄎㄜ），

[1293]　進惡：進思。
[1294]　九旬：九，指仇牧，春秋時期宋國大夫，宋國貴族出身，宋哀公後裔。荀息，春秋時晉國大臣。二人均被賊臣所害。
[1295]　彭務：彭，指彭咸，殷商大夫，進諫不被採納，投水自殺；務，指務光，商代初期的隱士。此處以二人比喻清白正直的人。
[1296]　中壄：壄，同「野」，指荒野。
[1297]　璇璣：北斗星的前第二、第三顆星，即天璿（璇）、天璣。
[1298]　睨：本義為斜著眼睛看，此處指星辰下斜。
[1299]　攝提：星辰名，總共六顆，左邊三顆稱為左攝提，右邊三顆稱為右攝提。
[1300]　硠磕：石頭敲擊發出的聲音，此處形容雷聲。

雹霰[1301]（ㄒㄧㄢˋ）兮霏（ㄈㄟ）霏[1302]。

奔電兮光晃，涼風兮愴淒[1303]（ㄔㄨㄤˋ ㄑㄧ）。

【譯詩】

雷聲大作，冰雹和雪珠密密的落下。

閃電劃過天際，冷風呼嘯令人感到徹骨的冰涼。

鳥獸兮驚駭，相從[1304]兮宿棲。

鴛鴦兮噰（ㄩㄥ）噰[1305]，狐狸兮徾（ㄇㄟˊ）徾[1306]。

【譯詩】

飛鳥走獸驚恐不已，相互依偎著鑽井巢穴。

鴛鴦鳥相互和鳴，狐狸成群相依。

哀吾兮介特[1307]，獨處兮罔[1308]依。

螻蛄（ㄌㄡˊ ㄍㄨ）兮鳴東，蟊蠈（ㄇㄠˊ ㄐㄧㄝˊ）兮號[1309]西。

[1301] 雹霰：冰雹和小雪珠。
[1302] 霏霏：雨雪稠密的樣子。
[1303] 愴淒：悲傷、哀淒。
[1304] 相從：相互依從。
[1305] 噰噰：鳥的和鳴聲。
[1306] 徾徾：相互跟隨的樣子。
[1307] 介特：孤獨。
[1308] 罔：無。
[1309] 號：呼號。

〈九思〉

【譯詩】

哀嘆我孤獨一人,獨處而沒有依靠。
東邊有小蟲子鳴叫,西邊也有小蟲子鳴叫。

> 蚑[1310](ㄅㄟˋ)緣兮我裳,蠋[1311](ㄓㄨˊ)入兮我懷。
> 蟲豸[1312](ㄓˋ)兮夾余,惆悵兮自悲。
> 佇立兮忉怛[1313](ㄉㄠ ㄉㄚˊ),心結縎[1314](ㄍㄨˇ)兮折摧。

【譯詩】

小毛蟲爬在我衣裳的邊緣,小幼蟲跳入我懷中。
小人們將我夾在中間,讓我惆悵而悲傷。
久久的站立滿心哀痛,我的心都要碎了。

【延伸】

「怨上」,對君主訴說委屈、怨情。此詩繼承屈原「寫怨」的風格,將內心的不平傾瀉而出,如同流水瀉出銀瓶,直抒胸臆。可以說屈原是寫內心傷痛的鼻祖,儘管都是表達痛苦,但用詞精準而細微,將怨恨、哀傷、悲痛、憂鬱、孤獨表達的十分準確,而王逸繼承了這一點,全詩用了嗟懷、煎熬、用憂、

[1310]　蚑:小毛蟲。
[1311]　蠋:蛾、蝶類的幼蟲。
[1312]　蟲豸:昆蟲,比喻小人。
[1313]　忉怛:憂傷、悲痛。
[1314]　結縎:心思煩亂。

愴淒、惆悵、自悲、忉怛、結縎、折摧等九個詞,將痛苦的情緒由淺入深,從嘆息到心碎,一步步加重,再輔以自然變化和鳥獸的奔走,更將孤獨一人的痛苦訴說的淋漓盡致。可以說,屈原和宋玉、劉向、王褒、王逸等詩人,共同建構了一個情緒表達詞庫,我們可稱為《楚辭》式情緒表達。

〈疾世〉

周[1315]徘徊兮漢渚[1316],求水神兮靈女[1317]。

嗟此國兮無良[1318],媒女詘[1319]兮謰謱[1320](ㄌㄧㄢˊ ㄌㄡˊ)。

【譯詩】

躊躇於漢水之畔,思慕一見神女。

可嘆舉國無賢人,媒人嘴笨言語不清。

[1315] 周:走遍。
[1316] 漢渚:漢水岸邊。
[1317] 靈女:水中的女神,或指漢水女神。
[1318] 良:忠良、賢人。
[1319] 詘:言詞遲鈍。
[1320] 謰謱:形容言詞繁瑣,表達不清楚。

〈九思〉

　　鷃(一ㄢˋ)雀[1321]列兮譁讙[1322](ㄏㄨㄚˊ ㄏㄨㄢ)，鴝鵒[1323](ㄑㄩˊ ㄩˋ)鳴兮聒[1324](ㄍㄨㄚ)余。

　　抱昭華[1325]兮寶璋[1326]，欲衒鬻[1327](ㄒㄩㄢˋ ㄩˋ)兮莫取。

【譯詩】

　　小鳥棲息吵鬧不休，八哥聒噪淆亂視聽。

　　抱著美玉在懷，沿街叫賣卻無人識貨。

　　言[1328]旋邁[1329]兮北徂[1330](ㄘㄨˊ)，叫我友兮配耦[1331]。

　　日陰曀[1332](一ˋ)兮未光，闃[1333](ㄑㄩˋ)睄窕[1334](ㄑㄧㄠˊ ㄊㄧㄠˇ)兮靡(ㄇㄧˊ)睹。

[1321]　鷃雀：小鳥名。
[1322]　譁讙：喧譁。
[1323]　鴝鵒：鳥名，即八哥。
[1324]　聒：喧譁吵鬧。
[1325]　昭華：美玉名。
[1326]　寶璋：美玉名，造型如同半個圭。
[1327]　衒鬻：吆喝、叫賣。
[1328]　言：句首助詞。
[1329]　旋邁：遠去。
[1330]　徂：行。
[1331]　配耦：配偶，此處泛指朋友。
[1332]　陰曀：陰暗。「曀」同「翳」。
[1333]　闃：寂靜。
[1334]　睄窕：昏暗，幽深意。

188

【譯詩】

轉身向北而去，呼喚我的友人和伴侶同行。
太陽昏昏不見光亮，寂靜幽暗看不清楚。

紛載驅兮高馳，將諮詢[1335]（ㄗ ㄒㄩㄣˊ）兮皇義[1336]（ㄒㄧ）。
遵河皋[1337]（ㄍㄠ）兮周流[1338]，路變易兮時乖[1339]。

【譯詩】

整飭車駕縱馬馳騁，去拜謁遠古之王伏羲。
沿著河邊的山丘繞行，道路曲折時代變替。

厲[1340]（ㄌㄧˋ）滄海兮東遊，沐盥（ㄍㄨㄢˋ）浴兮天池。
訪太昊[1341]（ㄏㄠˋ）兮道要，云[1342]靡[1343]（ㄇㄧˊ）貴兮仁義。

[1335] 諮詢：拜問。
[1336] 皇義：上古部落君長伏羲氏，中華人文始祖。
[1337] 皋：水邊的高地。
[1338] 周流：遍及各地。
[1339] 時乖：時事反常。乖，反常。
[1340] 厲：渡河。
[1341] 太昊：又寫作「太皞」，上古部落君長，以木為德，也是傳說中的東方青帝。有些文獻中也與伏羲氏等同為一人，不過從本詩來看，二者顯然非一人。
[1342] 云：說。
[1343] 靡：莫。

〈九思〉

【譯詩】

橫渡滄海向東遊歷，在天池歡暢的沐浴。

向太昊請教天道人世的祕密，他說最珍貴的莫過於仁義。

> 志欣樂兮反征，就周文兮邠岐[1344]（ㄅㄧㄣ ㄑㄧˊ）。
> 秉[1345]玉英兮結誓，日欲暮兮心悲。

【譯詩】

充滿歡欣的踏上歸途，到達周文王的故地豳和岐。

手持玉蘭花立誓，天色黯淡心中又充滿傷悲。

> 唯天祿[1346]兮不再，背我信兮自違。
> 逾（ㄩˊ）隴（ㄌㄨㄥˇ）堆[1347]兮渡漠，過桂車[1348]兮合黎[1349]（ㄌㄧˊ）。

【譯詩】

天賜之福不在了，背棄了我的誓約違背了初心。

翻過隴堆山越過大漠，踰越了桂車、合黎等山脈。

[1344] 邠岐：邠，同「豳」，西周先君的發源地，后稷的曾孫公劉率領族人遷徙至此；岐，岐山下的周原，周部族的君長古公亶父率領族人遷徙至此，擴大了周族人的生存空間，為周文王、武王的發展，奠定了基礎。
[1345] 秉：握持。
[1346] 天祿：上天所賜的福祿，此處指人的陽壽。
[1347] 隴堆：山名，即隴山，在今陝、甘交界處。
[1348] 桂車：不知指何山，或為傳說中的西部高山。
[1349] 合黎：傳說中西部一帶的高山。

赴崑山兮縶騄[1350]（ㄓˊ ㄌㄨˋ），從邛[1351]（ㄑㄩㄥˊ）遨兮棲遲。

吮玉液兮止渴，齧[1352]（ㄋㄧㄝˋ）芝華兮療飢。

【譯詩】

登崑崙山繫好我的馬，和神獸一起遨遊。

用瓊漿玉液解渴，用靈芝的花朵果腹。

居嵺廓[1353]（ㄌㄧㄠˊ ㄎㄨㄛˋ）兮尠疇[1354]，遠梁昌[1355]兮幾迷。

望江漢兮濩渃[1356]（ㄏㄨㄛˋ ㄖㄨㄛˋ），心緊縈[1357]（ㄐㄩㄣˋ）兮傷懷。

【譯詩】

居所空曠煢煢孑立，踉蹌遠遊視線迷失。

眺望漢江之水遼闊浩蕩，內心緊張又憂傷。

[1350] 縶騄：絆住馬的腳。此處指拴馬。
[1351] 邛：一種異獸，青色。漢代學者郭璞注《山海經》，稱之為「蛩蛩鉅虛」。
[1352] 齧：咬。
[1353] 嵺廓：遼闊、空曠。
[1354] 尠疇：缺少同類。尠，少；疇，同類。
[1355] 梁昌：處境艱難，進退失據。
[1356] 濩渃：水勢浩大。
[1357] 緊縈：糾纏、束縛。

191

〈九思〉

時㫍（ㄆㄛˋ）㫍[1358]兮且旦[1359]，塵莫莫[1360]兮未晞[1361]（ㄒㄧ）。

憂不暇[1362]兮寢食[1363]，吒[1364]（ㄓㄚˋ）增嘆兮如雷。

【譯詩】

太陽升起天還未亮，飛揚的塵土沒有消散。

憂思難消無法飲食睡眠，滿腔的憤怒猶如雷霆。

【延伸】

「疾世」，意為痛恨混亂之世。詩寫不願與小人同置身朝堂，尋求賢人，追隨真正的大道。詩以「一求三訪」，描寫了詩人對賢人、知音和同道者的尋訪。一求者，漢水女神也。詩以男子戀慕女神，比喻對理想的追求。三訪，則分別寫拜謁伏羲，訪問太昊，奔向周原上的周文王，寫出自己對明主賢人的敬仰。然而，自己的君主背棄了誓約，親近小人，而疏遠賢臣。他只能在更廣大的天地間尋找自我。在王逸的筆下，屈原是一個具有旅行家色彩的人，他西過隴堆山，橫穿大漠和西北那些高聳入雲的巨大山脈，到了傳說中神仙居住的崑崙山，以玉液為飲，以芝華為食，與神獸為伴。然而，神仙般的逍遙生

[1358]　㫍㫍：日始出，光線較暗淡。
[1359]　旦：天色將明。
[1360]　莫莫：漠漠，形容塵土飛揚。
[1361]　晞：消散。
[1362]　暇：空閒。
[1363]　寢食：睡覺和飲食。
[1364]　吒：憤怒的聲音。

活不是他的追求,他心繫江漢邊的故國,忘不了那裡的土地和人民,那裡是父母所居之地,有井水和墓廬。

〈憫上〉

哀世[1365]兮睩(ㄉㄨˋ)睩[1366],諓(ㄐㄧㄢˋ)諓[1367]兮喔喔[1368](ㄞˋ ㄨㄛ)。

眾多兮阿媚[1369],骫靡[1370](ㄨㄟˇ ㄇㄧˇ)兮成俗。

【譯詩】

哀世之人謹慎小心,巧言以討好權貴。

眾人多諂媚,委曲求歡成了一種風習。

貪枉[1371](ㄊㄢ ㄨㄤˇ)兮黨比[1372](ㄉㄤˇ ㄅㄧˇ),貞良[1373]兮煢獨[1374](ㄑㄩㄥˊ ㄉㄨˊ)。

[1365]　哀世:哀傷之世。
[1366]　睩睩:謹慎小心之態。
[1367]　諓諓:巧言善辯的樣子。
[1368]　喔喔:奉承討好的聲音。
[1369]　阿媚:阿諛諂媚。
[1370]　骫靡:委曲以獲得歡喜。
[1371]　貪枉:貪贓枉法。
[1372]　黨比:朋比為奸。
[1373]　貞良:忠貞賢能的人。
[1374]　煢獨:形容孤獨的樣子。

〈九思〉

鵠（ㄏㄨˊ）竄兮枳棘[1375]（ㄓˇ ㄐㄧˊ），鵜（ㄊㄧˊ）集兮帷幄[1376]（ㄨㄟˊ ㄨㄛˋ）。

【譯詩】

貪贓枉法之人結成朋黨，中正賢良的人形單影隻。

大雁逃竄被困在惡木上，凡鳥成群的停在帷帳上。

蠲蘘[1377]（ㄐㄧˋ ㄖㄨˊ）兮青蔥，槁（ㄍㄠˇ）本[1378]兮萎落（ㄨㄟˇ ㄌㄨㄛˋ）。

睹斯兮偽惑[1379]（ㄨㄟˇ ㄏㄨㄛˋ），心為兮隔錯[1380]。

【譯詩】

雜草鬱鬱蔥蔥，香草委棄凋零。

看到世間的醜態，我的心中滿是痛惜。

逡巡[1381]（ㄑㄩㄣ ㄒㄩㄣˊ）兮圃藪[1382]（ㄆㄨˇ ㄙㄡˇ），率彼兮畛陌[1383]（ㄓㄣˇ ㄇㄛˋ）。

[1375] 枳棘：兩種惡木，此處比喻小人。
[1376] 帷幄：帷帳。
[1377] 蠲蘘：草名。
[1378] 槁本：指香草。
[1379] 偽惑：虛假。
[1380] 隔錯：遭受挫折。
[1381] 逡巡：徘徊。
[1382] 圃藪：水邊園圃。
[1383] 畛陌：田間的小路。

川谷兮淵淵[1384]，山皀[1385]（ㄈㄨㄟ）兮峉（ㄜ）峉[1386]。

【譯詩】

徘徊在湖邊的園子，沿著田間的小路走過。

山谷幽深，山勢巍峨。

叢林兮崟（ㄧㄣˊ）崟[1387]，株榛[1388]兮嶽嶽[1389]。

霜雪兮漼溰[1390]（ㄘㄨㄟˇ ㄧ），冰凍兮洛澤[1391]。

【譯詩】

叢林茂密，叢生的樹木遍布四周。

霜雪堆積的很厚，封凍了水面。

東西兮南北，罔[1392]所兮歸薄[1393]。

庇蔭[1394]兮枯樹，匍匐[1395]兮岩石。

[1384] 淵淵：深且幽暗。
[1385] 山皀：土山。皀，同「阜」。
[1386] 峉峉：形容山勢高峻。
[1387] 崟崟：繁盛的樣子。
[1388] 榛：叢生的樹木。
[1389] 嶽嶽：遍布四周的樣子。
[1390] 漼溰：形容霜雪堆積。
[1391] 洛澤：冰凍。
[1392] 罔：無。
[1393] 歸薄：歸宿，停下。
[1394] 庇蔭：保護。
[1395] 匍匐：趴著向前行進，此處指藏匿。

〈九思〉

【譯詩】

東南西北,沒有回歸的路。

在枯樹下尋求保護,在岩石下隱藏。

蜷跼[1396](ㄑㄩㄢˊ ㄐㄩˊ)兮寒局數[1397],獨處兮志不申。

年齒[1398]盡兮命迫促[1399],魁壘[1400]擠摧[1401]兮常困辱,含憂強老[1402]兮愁不樂。

鬢髮芋悴[1403](ㄓㄨˋ ㄘㄨㄟˋ)兮顠[1404](ㄆㄧㄠˇ)鬢白,思靈澤[1405]兮一膏沐[1406]。

【譯詩】

蜷縮在局促的地方,獨身一人志向難以實現。

年齡大了壽命將盡,心情憂鬱常感到命運的不平,

因憂愁而過早老去沒有快樂。

頭髮散亂鬢髮花白,希望天賜甘霖為我沐浴。

[1396]　蜷跼:不能舒展。
[1397]　局數:局促。
[1398]　年齒:年齡。
[1399]　迫促:逼近、接近。
[1400]　魁壘:心情鬱悶。
[1401]　擠摧:命運坎坷。
[1402]　強老:因憂愁而過早衰老。
[1403]　芋悴:散亂。
[1404]　顠:頭髮花白。
[1405]　靈澤:上天的恩惠,此處指下雨。
[1406]　膏沐:沐浴、洗澡。膏,古人潤髮的油脂。

懷[1407]蘭英[1408]兮把瓊若[1409]，待天明兮立躑躅[1410]。

雲濛濛兮電儵（ㄕㄨㄟˋ）爍[1411]，孤雌[1412]驚兮鳴呴（ㄒㄩˇ）呴[1413]。

思怫鬱[1414]兮肝切剝[1415]，忿[1416]悁悒[1417]（ㄐㄩㄢ ㄧˋ）兮孰[1418]訴告？

【譯詩】

懷揣蘭花手持杜若，在夜色中徘徊等待天亮。

烏雲密布電光閃爍，孤單的雌鳥驚恐的叫個不停。

內心愁苦而且焦急，誰肯傾聽我憤懣的心緒？

【延伸】

「憫上」，可能是「憫己」的誤寫。在這首詩裡，作者刻劃出一個「尋路者」的形象。屈原遭到排擠後，流落荒野的意象有兩重，一重是寫實，透過在水畔、阡陌、深谷、山陵間的徘徊，勾勒出一個踽踽而行的孤獨者形象。另一重則是虛寫，表

[1407] 懷：懷揣。
[1408] 蘭英：香草。
[1409] 瓊若：像玉一樣的杜若。
[1410] 躑躅：徘徊不前。
[1411] 儵爍：閃爍。
[1412] 孤雌：孤單的雌鳥。
[1413] 呴呴：擬聲詞，形容鳥叫聲。
[1414] 怫鬱：憤懣不平。
[1415] 切剝：形容心情痛苦而且急切。
[1416] 忿：怨憤。
[1417] 悁悒：憂鬱。
[1418] 孰：誰。

〈九思〉

面上是密林之中,霜雪堆積之地,枯木峭峻裡,實則是精神的無路可走狀態。

知堂老人說:「我是尋路的人。我日日走著路尋路,終於還未知道這路的方向。現在才知道了:在悲哀中掙扎著正是自然之路,這是與一切生物共同的路,不過我們意識著罷了。屈原是一個偉大的尋路者,甚至可以說他寫的〈離騷〉等篇章,就是一首首尋路者之歌。每一個生命,都有自己的路,只是有的人是自覺的走在那條路上,有的人則是不自覺的。每一個人都有自己的生命方向,偉大的人更是如此。行吟在愛琴海岸邊的盲詩人荷馬,遊走於列國間的孔丘,從一個國家逃亡到另一個國家的卡薩諾瓦,從一座山到另一座山,從一條河流到另外一條河流的徐霞客,騎著摩托車橫穿美洲大陸的切‧格瓦拉⋯⋯古來所有的詩人、聖哲、情聖、旅人、英雄,無不是偉大的尋路者。懦夫和懶惰者永遠無法理解『尋路者』的痛苦,但他們正因自己的苦痛,而閃爍出熠熠的光輝。」

王逸的這首詩藝術手法高妙,語言十分圓熟,略加改動,便是一首極佳的五言樂府詩。為了保留古詩的韻味,不妨試譯之,並與前文的白話翻譯對照之:「世人皆可哀,阿諛成巧舌。眾僚言語媚,委曲善附和。貪墨結朋黨,君子獨寡合。鴻鵠困於林,凡鳥在帷幄。雜木青鬱郁,香草多凋落。忽見世間惡,心頭如刀割。踟躕近湖澤,率步踱阡陌。川谷倚清幽,山阜勢巍峨。木葉蔥蔥意,林深影綽綽。霜雪積陵岸,極目寒冰澈。

東西南北行，罔處是歸薄。枯樹可庇廕，巖隙託為舍。局促斗室中，獨自對冷月，年老歲月迫。半生多坎坷，到老愁不樂。鬢髮染霜色，膏沐浴靈澤。懷中蘭一握，暗夜獨蹉跎。雲集電閃爍，雌鳥鳴於巢。憤懣肝腸斷，何人聽我說？」

〈遭厄〉

悼[1419]（ㄉㄠˋ）屈子[1420]兮遭厄[1421]（ㄜˋ），沉玉躬[1422]（ㄍㄨㄥ）兮湘汨[1423]（ㄇㄧˋ）。

何楚國兮難化[1424]，迄（ㄑㄧˋ）乎今兮不易。

【譯詩】

哀悼屈原遭遇禍患，自沉金貴之軀於汨羅江。

楚國為何難以感化，至今仍舊沒有改變。

[1419]　悼：哀悼。
[1420]　屈子：屈原。子，對人的敬稱。
[1421]　遭厄：遭遇災禍。
[1422]　玉躬：指屈原的軀體。
[1423]　湘汨：汨羅江為湘水的支流，故稱。
[1424]　化：感化。

199

〈九思〉

士莫志兮羔裘[1425]（ㄍㄠ ㄑㄧㄡˊ），競佞諛[1426]兮讒閱[1427]（ㄒㄧˋ）。

指正義兮為曲，訿（ㄗˇ）[1428]玉璧（ㄅㄧˋ）兮為石。

【譯詩】

士大夫們沒有人守持美德，相互阿諛奉承或爭吵。

將正義汙衊為謬誤，將美玉貶損為石頭。

鴟（ㄔ）雕[1429]遊兮華屋，鵔鸃[1430]（ㄐㄩㄣˋ ㄧˊ）棲兮柴蔟[1431]（ㄔㄞˊ ㄘㄨˋ）。

起奮迅[1432]兮奔走，違[1433]群小兮謑訽[1434]（ㄒㄧˇ ㄍㄡˋ）。

【譯詩】

惡鳥在大殿之上飛，神鳥卻只能蹲在簡陋巢穴上。

奮翼振翅高飛，躲開群小們的詆毀。

[1425] 羔裘：出自《詩經·鄭風·羔裘》，是一首鄭國人讚美大夫的詩。
[1426] 佞諛：阿諛奉承。
[1427] 讒閱：讒言詆毀。
[1428] 訿：詆毀。
[1429] 鴟雕：指惡鳥，比喻奸佞。
[1430] 鵔鸃：神俊的鳥，此處比喻賢人。
[1431] 柴蔟：小木枝搭建的鳥巢。
[1432] 奮迅：形容鳥飛獸走迅速而有氣勢。
[1433] 違：躲避、離去。
[1434] 謑訽：辱罵。

載[1435]青雲兮上升，適[1436]昭明[1437]兮所處。
　　躡[1438]（ㄋㄧㄝˋ）天衢[1439]（ㄑㄩˊ）兮長驅，踵[1440]（ㄓㄨㄥˇ）九陽[1441]兮戲蕩。

【譯詩】

　　乘著青雲到天上，去太陽所在的地方。
　　沿著天界的路闊步而行，到太陽的家遊玩。

　　越雲漢[1442]兮南濟，秣[1443]（ㄇㄛˋ）余[1444]馬兮河鼓[1445]。
　　雲霓紛兮晻翳[1446]（ㄧㄢˇ ㄧˋ），參辰[1447]回[1448]兮顛倒。

[1435]　載：乘著。
[1436]　適：去。
[1437]　昭明：光明。
[1438]　躡：踩、踏。
[1439]　天衢：天界的大路。
[1440]　踵：本義為腳跟，此處指走到。
[1441]　九陽：傳說中太陽出入之地。
[1442]　雲漢：銀河、天河。
[1443]　秣：餵牲口。
[1444]　余：我。
[1445]　河鼓：星名，在牽牛星北面，或說即牽牛星。
[1446]　晻翳：遮蔽而陰暗。
[1447]　參辰：兩顆星名，一顆在東方，一顆在西方，此升彼落，互不相見。
[1448]　回：迴旋。

201

〈九思〉

【譯詩】

越過銀河向南涉水，餵飽我的馬到河鼓星。

雲霧彩霞遮蔽了陽光，參星和商星迴旋相替上下顛倒。

逢流星兮問路，顧我指兮從左。

徑[1449]嫩觜[1450]（ㄐㄩ ㄗ）兮直馳，御者迷兮失軌。

【譯詩】

遇見流星向其問路，回頭為我指了向左的路。

經過室宿和壁宿向前奔去，駕車者迷失方向失卻了道路。

遂踢達[1451]（ㄊㄧ ㄅㄚˊ）兮邪造[1452]（ㄒㄧㄝˊ ㄗㄠˋ），與日月兮殊道。

志闕絕[1453]（ㄊˋ ㄐㄩㄝˊ）兮安如，哀所求兮不耦[1454]（ㄡˇ）。

【譯詩】

才獲悉行為不正走上邪路，和日月的軌跡相背離。

心志斷絕該怎麼辦，哀嘆自己所追求的無人認同。

[1449] 徑：經過。
[1450] 嫩觜：星名，二十八星宿中的室宿和壁宿。
[1451] 踢達：擬聲詞，腳步聲。指行為不正、放蕩的樣子。
[1452] 邪造：斜著行駛，不從正道。
[1453] 闕絕：阻斷、斷絕。
[1454] 不耦：不符合。

攀天階[1455]兮下視,見鄢郢[1456](一ㄢ 一ㄥˇ)兮舊宇。
意逍遙兮欲歸,眾穢[1457](ㄏㄨㄟˋ)盛兮沓沓[1458]。
思哽饐[1459](ㄍㄥˇ 一ˋ)兮詰詘[1460](ㄐ一ㄝˊ ㄑㄩ),涕[1461]流瀾[1462]兮如雨。

【譯詩】

登上天階星座俯瞰,看到都城的故居。
心意搖擺想要回去,群奸眾多世風昏暗。
前思後想悲哀哽咽,涕泗橫流如同滂沱大雨。

【延伸】

「遭厄」,遭受禍患、災殃。寫屈原遭到讒毀後,被迫離開朝堂,尋求精神世界的光明。他以為駕乘青雲到天上,會有一個與人間不同的世界,但天上陰翳遮蔽日光,星座位置顛亂,他失去前行的軌跡。這首詩充滿了象徵主義,古人認為天上的星座是人間秩序的象徵,星辰的排布是遵循天道的。詩中寫人間群小阿諛奉承,天上星辰失序,實則是指現實世界的追求與精神的追求都破滅,即雙重破滅,以呼應屈原懷沙投江,殉身報國。

[1455]　天階:傳說中的天梯,此處指星名。
[1456]　鄢郢:楚國的都城。
[1457]　穢:髒汙,不乾淨。
[1458]　沓沓:幽暗,此處指世俗風氣昏暗。
[1459]　哽饐:由於悲傷而氣息堵塞。
[1460]　詰詘:曲折的樣子。
[1461]　涕:淚水。
[1462]　流瀾:流淚很多,如同波浪。

203

〈九思〉

〈悼亂〉

嗟嗟[1463]兮悲夫,殽亂[1464](一ㄠˊ ㄌㄨㄢˋ)兮紛挐[1465](ㄈㄣ ㄋㄚˊ)。
茅絲[1466]兮同綜[1467],冠屨[1468](ㄐㄩˋ)兮共絇[1469](ㄑㄩˊ)。

【譯詩】

可嘆啊悲哀,交錯著混亂。
茅草和絲線纏在一起,帽子和鞋子的纓帶竟然一樣。

督萬[1470]兮侍宴[1471],周邵[1472]兮負芻[1473](ㄈㄨˋ ㄔㄨˊ)。
白龍[1474]兮見射,靈龜[1475]兮執拘(ㄓˊ ㄐㄩ)。

[1463] 嗟嗟:嘆息的樣子。
[1464] 殽亂:雜亂無章。
[1465] 紛挐:相牽。
[1466] 茅絲:茅草和絲線,比喻忠良和奸臣。
[1467] 同綜:交織在一起。
[1468] 冠屨:帽子和鞋子。
[1469] 共絇:裝飾相同。絇,古代鞋子上的裝飾,或說是鞋帶。
[1470] 督萬:華督和宋萬,春秋時期宋國貴族。
[1471] 侍宴:在宴席上陪侍。
[1472] 周邵:周公和召公,均為西周名臣。
[1473] 負芻:背柴草。
[1474] 白龍:此處指河神。
[1475] 靈龜:有靈性的神龜。

【譯詩】

　　賊臣華督和宋萬曾在宴席上陪侍君主，名臣周公和召公曾打柴草。

　　河神被弓箭射中，有靈性的神龜被鎖鏈困住。

　　仲尼[1476]兮困厄[1477]（ㄎㄨㄣˋ ㄜˋ），鄒衍[1478]（ㄗㄡ ㄧㄢˇ）兮幽囚[1479]（ㄧㄡ ㄑㄧㄡˊ）。

　　伊[1480]余[1481]兮念茲，奔遁兮隱居。

【譯詩】

　　孔子曾處於困難與危險中，鄒衍曾被囚禁。

　　我一想到這些故事，就想奔走山林隱居起來。

　　將升[1482]兮高山，上有兮猴猿。

　　欲入兮深谷，下有兮虺（ㄏㄨㄟˇ）蛇[1483]。

[1476]　仲尼：孔子。
[1477]　困厄：困苦危難。此處指孔子曾被困在陳國和蔡國之間，充滿了人身風險和斷糧的危難。
[1478]　鄒衍：戰國時期齊國大臣，曾被陷害入獄。
[1479]　幽囚：幽禁、囚禁。
[1480]　伊：發語詞，無實義。
[1481]　余：我。第一人稱代詞。
[1482]　升：登、攀爬。
[1483]　虺蛇：毒蛇。

〈九思〉

【譯詩】

將登高山,上有猿猴。
想下深谷,下有毒蛇。

左見兮鳴鵙[1484](ㄐㄩˊ),右睹[1485]兮呼梟[1486](ㄒㄧㄠ)。
惶悸[1487](ㄏㄨㄤˊ ㄐㄧˋ)兮失氣[1488],踴躍(ㄩㄥˇ ㄩㄝˋ)兮距跳[1489]。

【譯詩】

左邊看到鳴叫的伯勞,右邊看到呼應的貓頭鷹。
驚恐的氣息若有若無,惶急的跳躍在險惡處境。

便旋[1490]兮中原,仰天兮增嘆。
菅蒯[1491](ㄐㄧㄢ ㄎㄨㄞˇ)兮野莽(ㄧㄝˇ ㄇㄤˇ),雚葦[1492](ㄍㄨㄢˋ ㄨㄟˇ)兮仟(ㄑㄧㄢ)眠[1493]。

[1484] 鵙:鳥名,即伯勞。
[1485] 睹:看。
[1486] 梟:貓頭鷹,古代視為惡鳥。
[1487] 惶悸:驚恐。
[1488] 失氣:形容恐懼而呼吸微弱。
[1489] 距跳:跳躍、超越。
[1490] 便旋:徘徊、迴旋。
[1491] 菅蒯:茅草,用來編繩子。
[1492] 雚葦:蘆葦類的植物。
[1493] 仟眠:草木叢生的樣子。

【譯詩】

徘徊於原野，仰天長嘆。

茅草蒼茫，蘆葦叢生。

鹿蹊[1494]（ㄒㄧ）兮繼踵[1495]（ㄓㄨㄥˇ），猯貉[1496]（ㄊㄨㄢ ㄏㄜˊ）兮蟫[1497]（ㄊㄢˊ）蟫。

鸇鷂[1498]（ㄓㄢ ㄧㄠˋ）兮軒軒[1499]，鶨鶪[1500]（ㄢˊ ㄐㄩˊ）兮甄（ㄓㄣ）甄[1501]。

【譯詩】

鹿群擠在小路上，豬獾和貉子擁在一起。

猛禽在天上翱翔，小鳥在低空飛個不停。

哀我兮寡獨[1502]（ㄍㄨㄚˇ ㄉㄨˊ），靡（ㄇㄧˊ）有兮齊倫[1503]。

意欲兮沉吟，迫日兮黃昏。

[1494]　蹊：路徑。
[1495]　踵：腳後跟。
[1496]　猯貉：兩種野獸，豬獾和貉。
[1497]　蟫蟫：形容跟隨行進。
[1498]　鸇鷂：兩種猛禽。
[1499]　軒軒：大型鳥類飛舞的樣子。
[1500]　鶨鶪：一種體型較小的鳥類。
[1501]　甄甄：鳥類飛翔的樣子。
[1502]　寡獨：本義指沒有配偶和子女的老人，此處形容孤單。
[1503]　齊倫：相同的人。倫，同類

207

〈九思〉

【譯詩】

哀嘆自己形單影隻，沒有同類。

想要思考人生，只是已近黃昏。

> 玄鶴[1504]兮高飛，曾逝兮青冥[1505]。
> 鶬鶊（ㄍㄥ）[1506]兮喈喈[1507]，山鵲兮嚶嚶。

【譯詩】

灰頸鶴遠逝，消失於渺渺長空。

黃鶯婉轉而鳴，山鵲的叫聲穿透山林。

> 鴻鸕[1508]（ㄌㄨˊ）兮振翅，歸雁兮於征。
> 吾志兮覺悟，懷我兮聖京[1509]。
> 垂屣[1510]（ㄒㄧˇ）兮將起，跙俟[1511]兮硕明[1512]。

【譯詩】

鴻鸕張開羽翼，歸去的大雁向南飛去。

我的內心終於徹悟了，懷念我無法忘卻的故都。

[1504] 玄鶴：黑色的鶴，或指灰頸鶴。
[1505] 青冥：天空。
[1506] 鶬鶊：即黃鶯。
[1507] 喈喈：鳥鳴的聲音。
[1508] 鴻鸕：鸕鶿，一種捕魚的水鳥。
[1509] 聖京：指楚國的都城。
[1510] 垂屣：穿鞋子。
[1511] 跙俟：停下腳步等待。
[1512] 硕明：天光亮。

穿好鞋子將要出發,駐足等待天明。

【延伸】

悼,哀悼、悼念;亂,亂世。悼亂,即為亂世而哀悼。此詩開篇名義,開頭就連用幾個譬喻,說世道混亂。賢人處在較低的地位,而奸佞則在國君左右,受到寵幸。想要隱居山林,但山林也不是一塊乾淨的地方,上有猿猴,下有毒蟲,怪鳥奇獸遍布。此詩的獨特之處就在此,古代賢人,不能處廟堂之上,則放舟江湖,即孟子所謂「達則兼濟天下,窮則獨善其身」。但是,詩人卻提出另一種觀點,當天下都處於大混亂之中,沒有任何一個人能置身事外。想要寄身山野之中,那是不可能的。雪崩之時,沒有一片雪花是無辜的,只有肩負起責任,才算一個真英雄。詩人覺醒了,他決定天一亮,還是回到故國。

〈傷時〉

唯昊(ㄏㄠˋ)天[1513]兮昭靈[1514],陽氣發兮清明。

風習習兮龢煖[1515](ㄏㄜˊ ㄋㄨㄢˇ),百草萌[1516]兮華榮。

[1513] 昊天:春天,或說夏天。
[1514] 昭靈:顯靈。
[1515] 龢煖:同「和暖」。
[1516] 萌:萌發、萌芽。

〈九思〉

【譯詩】

春天之神踱著腳步，溫暖的氣息上升。
習習的春風帶來溫暖，百草萌生欣欣向榮。

　　菫荼[1517]（ㄐㄧㄣˇ ㄊㄨˊ）茂兮扶疏[1518]（ㄈㄨˊ ㄕㄨ），蘅芷[1519]（ㄏㄥˊ ㄓˇ）雕兮瑩嫇[1520]（ㄇㄧㄥˊ）。
　　愍[1521]（ㄇㄧㄣˇ）貞良[1522]兮遇害，將夭折兮碎糜[1523]（ㄙㄨㄟˋ ㄇㄧˊ）。

【譯詩】

菫菜和荼菜長得十分繁茂，杜蘅和白芷枯萎凋零。
憐憫賢良之士遭到陷害，將要死去零落成泥。

　　時混混[1524]兮澆饡[1525]（ㄗㄢˋ），哀當世兮莫知。
　　覽往昔兮俊彥[1526]（ㄐㄩㄣˋ ㄧㄢˋ），亦詘辱[1527]（ㄑㄩ ㄖㄨˇ）兮繫累。

[1517] 菫荼：蔬類植物和苦菜。
[1518] 扶疏：形容枝葉繁茂。
[1519] 蘅芷：杜蘅和白芷，均為香草。
[1520] 瑩嫇：枯萎凋謝。
[1521] 愍：憐憫。
[1522] 貞良：堅貞賢良。
[1523] 碎糜：碎爛。
[1524] 混混：渾濁，此處指社會環境不清正。
[1525] 澆饡：羹湯飯，形容混亂。
[1526] 俊彥：俊傑，形容有才能的人。
[1527] 詘辱：委屈恥辱。

【譯詩】

渾濁的時代像羹湯飯,當世之人怕無人知道。

回顧過去的那些俊傑,也曾遭受恥辱被捆綁。

　　管[1528]束縛[1529]兮桎梏[1530](ㄓˋ ㄍㄨˋ),百[1531]貿易(ㄇㄠˋ ㄧˋ)兮傳賣。

　　遭桓繆[1532](ㄏㄨㄢˊ ㄇㄡˊ)兮識舉,才德用兮列施[1533]。

【譯詩】

管仲被捆綁著戴刑具,百里奚被當做奴隸販賣。

一旦得到齊桓公和秦穆公的賞識,才智終於得到了施展。

　　且從容兮自慰,玩琴書兮遊戲。

　　迫中國[1534]兮迮陿[1535](ㄗㄜˊ ㄒㄧㄚˊ),吾欲之兮九夷[1536]。

[1528]　管:管仲,春秋時齊國名臣。
[1529]　束縛:用繩子捆綁。
[1530]　桎梏:刑具、枷鎖。
[1531]　百:百里奚,春秋時秦穆公的大臣。
[1532]　桓繆:齊桓公和秦穆公。桓,齊桓公;繆,秦穆公。
[1533]　列施:充分施展。列,陳列、布置。
[1534]　中國:國中,此處指楚國。
[1535]　迮陿:狹小、狹窄。
[1536]　九夷:泛指古代東方的部族。

〈九思〉

【譯詩】

姑且從容的自我安慰,彈琴讀書自娛自樂。

受制於國中的狹窄,我準備去東方的九夷之地。

　　超五嶺[1537]兮嵯峨[1538](ㄘㄨㄛˊ ㄜˊ),觀浮石[1539]兮崔嵬[1540](ㄘㄨㄟ ㄨㄟˊ)。

　　陟[1541](ㄓˋ)丹山[1542]兮炎野[1543],屯[1544]余[1545]車兮黃支[1546]。

【譯詩】

越過五嶺的巍峨高山,觀看了雄壯的浮石山。

翻過丹山到達南方,停駐我的車在黃支古國。

　　就祝融[1547]兮稽疑[1548](ㄐㄧ ㄧˊ),嘉[1549](ㄐㄧㄚ)

[1537]　五嶺:山名,在今廣西、廣東與湖南、江西的交界處,是劃分長江流域和珠江流域的界山。
[1538]　嵯峨:形容山勢高大、險峻。
[1539]　浮石:浮石山,在東海之中。
[1540]　崔嵬:形容山高大雄偉。
[1541]　陟:登上。
[1542]　丹山:南方的山名。
[1543]　炎野:指南方。
[1544]　屯:停駐。
[1545]　余:我,第一人稱代詞。
[1546]　黃支:古國名。
[1547]　祝融:傳說中的火神。
[1548]　稽疑:決斷疑難的事。
[1549]　嘉:嘉獎、誇獎。

212

己行兮無為[1550]。

　　乃回竭[1551]（ㄑㄧㄝˋ）兮北逝，遇神嬬[1552]（ㄒㄧㄝˊ）兮宴娭[1553]（ㄧㄢˋ ㄒㄧ）。

【譯詩】

　　向祝融神請教決斷疑難，祂嘉獎我順應自然。
　　於是轉身向北去，遇到神嬬一起宴飲娛樂。

　　　欲靜居兮自娛，心愁慼[1554]兮不能。
　　放余轡[1555]（ㄆㄟˋ）兮策駟[1556]（ㄙˋ），忽飆騰[1557]（ㄅㄧㄠ ㄊㄥˊ）兮浮雲。

【譯詩】

　　想安居下來自尋樂趣，心情愁苦無法做到。
　　放開馬轡鞭打馬，轉眼飛騰到雲間。

[1550]　無為：順應自然大道。
[1551]　回竭：轉身離開。
[1552]　神嬬：名叫嬬的神仙。
[1553]　宴娭：宴飲娛樂。
[1554]　慼：傷感、憂傷。
[1555]　轡：馬韁繩。
[1556]　駟：四匹馬拉一輛車為「駟」。
[1557]　飆騰：飛騰。

〈九思〉

蹠[1558]（ㄓˊ）飛杭[1559]兮越海，從安期[1560]兮蓬萊[1561]（ㄆㄥˊ ㄌㄞˊ）。

緣天梯[1562]兮北上，登太一[1563]兮玉臺[1564]。

【譯詩】

乘坐輕舟越過大海，跟隨安期生到達蓬萊仙山。

順著天梯一路向北，到達了太一神的瓊玉臺。

使素女[1565]兮鼓簧[1566]（ㄍㄨˇ ㄏㄨㄤˊ），乘弋[1567]（一ˋ）龢[1568]（ㄏㄜˊ）兮謳謠[1569]（ㄡ 一ㄠˊ）。

聲噭誂[1570]（ㄐ一ㄠˋ ㄊ一ㄠˇ）兮清和，音晏衍[1571]（一ㄢˋ 一ㄢˇ）兮要婬[1572]（一ㄥˊ）。

【譯詩】

讓素女仙子吹奏樂曲，乘弋仙人應和歌唱。

[1558]　蹠：跳上、乘坐。
[1559]　杭：渡船。
[1560]　安期：安期生，古代神仙名。
[1561]　蓬萊：蓬萊山，神話傳說中神仙居住的海上仙山，與方丈、瀛洲齊名。
[1562]　天梯：通往天界的梯子。
[1563]　太一：太一神。
[1564]　玉臺：太一神所居住之地。
[1565]　素女：傳說中的仙女。
[1566]　鼓簧：吹笙。
[1567]　乘弋：傳說中的神仙名。
[1568]　龢：通「和」，唱和。
[1569]　謳謠：歌唱。
[1570]　噭誂：歌聲清越。
[1571]　晏衍：旋律悠長。
[1572]　要婬：形容舞姿柔媚妖嬈。

歌聲清越而和諧，旋律悠長舞姿柔媚。

咸[1573]欣欣[1574]兮酣樂[1575]，余眷眷[1576]兮獨悲。
顧[1577]章華[1578]兮太息[1579]，志戀戀兮依依。

【譯詩】

每個人都歡樂且沉醉，只有我滿懷眷戀獨自悲傷。
回頭望著章華臺嘆息，滿心眷戀依依不捨。

【延伸】

傷時，有兩重含義，其一為傷春，即傷感於大自然的變化；其二為傷感於時局的惡濁糟糕，此處是兩重含義的雙關。此詩可謂文學史上最早的傷春詩歌。春日施刑，不順天時，故謂之傷春，此之謂也。詩歌從春天入手，寫陽氣上升，草木榮華，轉眼間香草凋零，忠臣遭難，聯想到春秋時期的名臣管仲和百里奚，也曾有過牢獄之苦和為奴的經歷。屈原未能遇到齊桓公和秦穆公那樣的賢君，只能撫琴讀書，在其中尋求精神的安慰。道不行，乘桴浮於海，詩人的志向無法實現，便遊於想像的世界。此處的寫作手法充滿蒙太奇的效應，既有現實內容，

[1573]　咸：都、俱。
[1574]　欣欣：喜樂的樣子。
[1575]　酣樂：暢快的娛樂。
[1576]　眷眷：依依不捨的樣子。
[1577]　顧：回頭。
[1578]　　章華：章華臺，春秋時期楚國君主靈王所建，以華美絕倫著稱。
[1579]　太息：嘆息。

〈九思〉

也有虛構的內容,越過巍峨的五嶺,看大海上宛若漂浮在水上的懸崖峭壁浮石山,翻過丹山,到達炎熱的南方古黃支國地界,是詩歌的現實部分;和祝融神、玉女、太一神等神仙為伍,則是幻想,兩者交織在一起,給人亦真亦幻的感覺。

唐代詩人司空曙〈送鄭明府貶嶺南〉詩云:「青楓江色晚,楚客獨傷春。」傷春的典故,與「楚客」連結在一起,成為文學史上的一個經典用法,事出於屈原,文則恐始於王逸。

〈哀歲〉

旻(ㄇㄧㄣˊ)天[1580]兮清涼,玄氣[1581]兮高朗。

北風兮潦洌[1582](ㄌㄧㄠˊ ㄌㄧㄝˋ),草木兮蒼唐[1583](ㄘㄤ ㄊㄤˊ)。

【譯詩】

秋日清涼,萬里澄澈明朗。

北風凜冽,草木枯黃。

蜩蚗[1584](ㄧ ㄐㄩㄝˊ)兮噍(ㄐㄧㄡ)噍[1585],蟪

[1580] 旻天:秋天。
[1581] 玄氣:即元氣,大自然之氣。
[1582] 潦洌:寒冷。
[1583] 蒼唐:草木凋謝的樣子。
[1584] 蜩蚗:似蟬的小蟲,或說蟬。
[1585] 噍噍:鳥的叫聲,「啾」的異體字。

蛐蛆[1586]（ㄐㄧˊ ㄐㄩ）兮穰穰[1587]（ㄖㄤˊ）。

歲[1588]忽忽[1589]兮唯暮[1590]，余[1591]感時兮悽愴[1592]。

【譯詩】

蟬鳴鳥叫，蟋蟀眾多。

時光飛逝已到晚年，我感懷傷時而悲傷。

傷俗[1593]兮泥濁[1594]，蒙蔽[1595]（ㄇㄥˊ ㄅㄧˋ）兮不章[1596]。

寶[1597]彼兮沙礫（ㄌㄧˋ），捐[1598]此兮夜光[1599]。

【譯詩】

傷感於世道俗風的沉淪，人心受欺瞞而不辨是非。

砂石被當成寶貝珍視，夜明珠反而被丟棄。

[1586]　蛐蛆：蟋蟀，另一說為蜈蚣。
[1587]　穰穰：眾多的樣子。
[1588]　歲：年。此處指時光。
[1589]　忽忽：形容時間過得快。
[1590]　暮：本義為天色晚，此處指晚年，與暮年一詞同義。
[1591]　余：我。
[1592]　悽愴：悲傷、悲涼。
[1593]　傷俗：為世俗而悲哀。
[1594]　泥濁：形容世道混亂。
[1595]　蒙蔽：欺騙隱瞞。
[1596]　不章：不明。
[1597]　寶：珍視。
[1598]　捐：捐棄、丟棄。
[1599]　夜光：夜明珠，此處指明珠。

〈九思〉

椒瑛[1600]（ㄐㄧㄠ ㄧㄥ）兮涅（ㄋㄧㄝˋ）汙[1601]，菓（ㄒㄧˇ）耳[1602]兮充房[1603]。

攝（ㄕㄜˋ）衣[1604]兮緩帶[1605]，操[1606]我兮墨陽[1607]。

【譯詩】

香木美玉遭汙染，糟糕的蒼耳卻充滿房間。

整理衣冠且把帶子放鬆，拿著仗劍遠遊。

升車[1608]兮命[1609]僕[1610]，將[1611]馳兮四荒[1612]。

下堂[1613]兮見蠆[1614]（ㄔㄞˋ），出門兮觸蜂。

【譯詩】

我要僕人備好車馬，即將去遙遠的地方。

下臺階的時候遇到蠍子，出門被毒蜂螫傷。

[1600] 椒瑛：香木和美玉，比喻有德之人。
[1601] 涅汙：汙染、玷汙。
[1602] 菓耳：蒼耳。
[1603] 充房：充滿房屋。
[1604] 攝衣：整理衣服。
[1605] 緩帶：把帶子放鬆。
[1606] 操：拿著，執、持。
[1607] 墨陽：寶劍名。
[1608] 升車：駕車。
[1609] 命：差遣、下命令。
[1610] 僕：僕從。
[1611] 將：即將。
[1612] 四荒：四方荒遠之地，此處指遙遠的地方。
[1613] 下堂：走出屋子。
[1614] 蠆：毒蟲，蠍子之類。

218

巷有兮蚰蜓[1615]（一ㄡˊ 一ㄢˊ），邑[1616]（一ˋ）多兮螳螂（ㄊㄤˊ ㄌㄤˊ）。

睹[1617]斯兮嫉賊[1618]，心為兮切傷[1619]。

【譯詩】

巷子裡到處是小昆蟲，城市裡爬滿螳螂。

就如同看見奸佞，心中充滿了傷痛。

俛[1620]念兮子胥[1621]，仰憐[1622]兮比干[1623]。

投劍兮脫冕[1624]（ㄇㄧㄢˇ），龍屈兮蜿蟤[1625]（ㄨㄢ ㄓㄨㄢ）。

【譯詩】

低頭思念伍子胥，仰頭憐憫比干。

丟棄寶劍脫下帽子，像龍一樣隱藏而不現。

[1615] 蚰蜓：昆蟲，生活在較為潮溼的地方。
[1616] 邑：城市。
[1617] 睹：看到。
[1618] 嫉賊：痛恨奸臣、讒臣。嫉，痛恨。賊，危害社會的人。
[1619] 切傷：傷痛。
[1620] 俛：同「俯」。
[1621] 子胥：指伍子胥。
[1622] 憐：憐憫。
[1623] 比干：人名，殷紂王的叔父。
[1624] 冕：一種帽子。
[1625] 蜿蟤：龍曲貌。

〈九思〉

潛藏兮山澤，匍匐（ㄆㄨˊ ㄈㄨˊ）兮叢攢[1626]（ㄘㄨㄥˊ ㄗㄢˇ）。

窺[1627]見兮溪澗，流水兮潝潝[1628]（ㄩㄣˋ ㄩㄣˋ）。

【譯詩】

隱居於深山大澤，安身於叢林之中。

觀清溪深澗，流水奔湧。

黿鼉[1629]（ㄩㄢˊ ㄊㄨㄛˊ）兮欣欣，鱣鯰[1630]（ㄓㄢ ㄋㄧㄢˊ）兮延延[1631]。

群行[1632]兮上下，駢羅[1633]（ㄆㄧㄢˊ ㄌㄨㄛˊ）兮列陳[1634]。

【譯詩】

鱉和鱷魚悠然自得，鱣魚和鯰魚熙熙攘攘。

成群的上下游動，並列排布成隊形。

[1626] 叢攢：羅列分布。此處指草木茂密。
[1627] 窺：偷偷看，此處泛指看。
[1628] 潝潝：江上大波。
[1629] 黿鼉：鱉和鱷魚。
[1630] 鱣鯰：兩種魚類，鱣魚和鯰魚。
[1631] 延延：眾多的樣子。
[1632] 群行：成群的游。
[1633] 駢羅：並列。
[1634] 列陳：排成隊形。

自恨[1635]兮無友，特[1636]處兮煢（ㄑㄩㄥˊ）煢[1637]。
冬夜兮陶陶[1638]，雨雪兮冥（ㄇㄧㄥˊ）冥[1639]。

【譯詩】

恨自己沒朋友，獨自孤獨的生活。

冬天的夜晚如此漫長，雨雪紛飛夜色黑暗。

神光[1640]兮潁（ㄐㄩㄥˇ）潁[1641]，鬼火[1642]兮熒（ㄧㄥˊ）熒[1643]。
修德[1644]兮困控[1645]，愁不聊兮遑[1646]（ㄏㄨㄤˊ）生？
憂紆[1647]（ㄧㄡ ㄩ）兮鬱郁，惡所[1648]兮寫情[1649]。

[1635] 自恨：恨自己。
[1636] 特：獨自。
[1637] 煢煢：孤獨的樣子。
[1638] 陶陶：漫長的樣子。
[1639] 冥冥：形容光線暗淡。
[1640] 神光：神明之光。
[1641] 潁潁：炯炯，形容光亮。
[1642] 鬼火：幽靈之火，此處應從神話角度理解，不當解釋為磷火。
[1643] 熒熒：微微閃爍。
[1644] 修德：修行品德。
[1645] 困控：指無人引薦。
[1646] 遑：怎麼能。
[1647] 憂紆：憂鬱。
[1648] 惡所：何處。
[1649] 寫情：宣洩感情。

221

〈九思〉

【譯詩】

神明之光燦爛,幽冥之火微微閃爍。
修養美德無人引薦,憂愁不可解怎能活在世上?
憂思鬱結在懷,何處宣洩心情。

【延伸】

「哀歲」,哀嘆年華逝去、歲月流逝。此篇可以與前篇〈傷時〉對照來看,〈傷時〉從春天開始寫起,此詩則從秋天開始寫,都落筆到奸臣當道,賢臣報國無門,只能出遊這個主題上。從藝術的角度而言,此詩寫景極美,用詞精準,意象清晰,起承轉合恰到好處,善於用典故,卻並不堆砌,雖然出於匠心,但也天然成趣,為後世五言詩的發展做好了準備。略加更動,便是一首雋永的五言詩:「秋日天氣涼,雲淡風色朗。北風蕭蕭過,千山草木黃。蟲鳴鳥啾啾,蟋蟀飛道旁。光陰忽入暮,傷感又悽愴。濁世如汙泥,人心不得彰。珍寶棄如砂,無人識夜光。美玉遭玷染,惡草植殿堂。緩帶將遠遊,振衣執墨陽。喚僕備車駕,將馳萬里疆。階下見蟲蠍,毒蜂觸門廊。蟲豸躍里巷,邑中多螳螂。見此如賊臣,憤恨復悲傷。俯首念伍員,仰面憐比干。棄劍脫冠冕,如龍曲蜿蜒。潛藏山澤中,託身委林泉。行到清溪澗,坐看水迴環。魚鱉隨水上,激流多鱸鯰。成群結隊游,熙熙滿碧潭。長恨無知己,煢煢立山巒。冬夜雨雪至,天色復黯淡。神光炯炯意,鬼火幽幽然。懷德無人薦,愁苦何為生。憂思鬱在懷,無處可排遣。」

〈守志〉

陟[1650]（ㄓˋ）玉巒[1651]（ㄌㄨㄢˊ）兮逍遙（ㄒㄧㄠ ㄧㄠˊ）[1652]，覽高崗[1653]兮嶢（ㄧㄠˊ）嶢[1654]。

桂樹列[1655]兮紛敷[1656]（ㄈㄨ），吐紫華[1657]兮布條[1658]。

【譯詩】

登上美麗的高山悠然自得，一覽高峰巍峨綿延。

桂樹錯綜排列，舒展的枝條上開滿紫色的花朵。

實[1659]孔鸞[1660]（ㄎㄨㄥˇ ㄌㄨㄢˊ）兮所居[1661]，今其集[1662]兮唯[1663]鴞[1664]（ㄒㄧㄠ）。

[1650] 陟：從低處往高處走、登高、爬上。
[1651] 玉巒：美麗的山巒。
[1652] 逍遙：悠遊自得的樣子。
[1653] 高岡：高的山脊。
[1654] 嶢嶢：形容山勢高大。
[1655] 列：排列。
[1656] 紛敷：分布錯亂。
[1657] 紫華：紫色的花朵。「華」通「花」。
[1658] 布條：舒展枝條。
[1659] 實：此、這。
[1660] 孔鸞：孔雀和鸞鳳。
[1661] 居；居所。
[1662] 集：停歇、棲息。
[1663] 唯：只有。
[1664] 鴞：貓頭鷹。

〈九思〉

烏鵲[1665]驚[1666]兮啞啞[1667]，余[1668]顧瞻[1669]（ㄍㄨㄟˋ ㄓㄢ）兮怊（ㄔㄠ）怊[1670]。

【譯詩】

這裡是孔雀和鸞鳳的居所，現在停歇的只有貓頭鷹。

烏鴉和喜鵲恐懼的啞啞而鳴，我看到這種情景十分悵然。

彼[1671]日月兮闇昧[1672]（ㄢ ㄇㄟˋ），障覆[1673]（ㄓㄤˋ ㄈㄨˋ）天兮祲氛[1674]（ㄐㄧㄣ ㄈㄣ）。

伊[1675]我后[1676]兮不聰[1677]，焉[1678]陳誠[1679]兮效忠[1680]。

【譯詩】

那日月昏暗無光，遮蔽天空的不祥氣息。

我的君王不能明察，怎麼表達誠意報以忠誠。

[1665] 烏鵲：烏鴉和喜鵲。
[1666] 驚：受驚、恐懼。
[1667] 啞啞：烏鴉發出的叫聲。
[1668] 余：我。
[1669] 顧瞻：回看、環視，也泛指看。
[1670] 怊怊：惆悵的樣子。
[1671] 彼：那個。
[1672] 闇昧：昏暗沒有光亮。
[1673] 障覆：遮蔽、覆蓋。
[1674] 祲氛：不祥的氣氛、妖氣。
[1675] 伊：語氣詞。
[1676] 后：君主。
[1677] 聰：明察。
[1678] 焉：怎麼。
[1679] 陳誠：表達誠意。
[1680] 效忠：報效忠誠。

224

攄[1681]（ㄕㄨ）羽翮[1682]（ㄩˇ ㄏㄜˊ）兮超俗，遊陶遨[1683]（ㄊㄠˊ ㄧㄠˊ）兮養神[1684]。

乘六蛟[1685]兮蜿蟬[1686]（ㄨㄢ ㄔㄢˊ），遂[1687]馳騁[1688]（ㄔˊ ㄔㄥˇ）兮升雲[1689]。

【譯詩】

張開翅膀脫離塵俗，無牽無掛雲遊陶冶性情。

駕著六條龍盤曲舞動，於是馳騁直達雲間。

揚[1690]彗光[1691]兮為旗，秉[1692]電策[1693]兮為鞭。

朝晨[1694]發[1695]兮鄢郢[1696]（ㄧㄢ ㄧㄥˇ），食時[1697]至[1698]兮增泉[1699]。

[1681] 攄：舒展。
[1682] 羽翮：鳥的翅膀。
[1683] 陶遨：無牽無掛的樣子。
[1684] 養神：陶冶心志。
[1685] 六蛟：六龍。蛟，龍的一種，此處泛指龍。
[1686] 蜿蟬：蛟龍盤曲的樣子。
[1687] 遂：就、於是。
[1688] 馳騁：奔跑自如。
[1689] 升雲：飛上雲間。
[1690] 揚：飛揚。
[1691] 彗光：彗星的光芒。
[1692] 秉：手持。
[1693] 電策：閃電的光，此處指像鞭子一樣的閃電。
[1694] 朝晨：早晨。
[1695] 發：從……出發。
[1696] 鄢郢：楚國屬地，指楚國都城。楚文王定都於郢，楚惠王遷都於鄢，但仍然號為郢。
[1697] 食時：吃早飯的時候。
[1698] 至：到達。
[1699] 增泉：即銀河、河漢。

225

〈九思〉

【譯詩】

揚起彗星的光為旗幟,用閃電之鞭策馬而行。

清晨從故國的都城出發,吃早飯時到達河漢之濱。

　　繞曲阿[1700]兮北次[1701],造[1702]我車兮南端[1703]。

　　謁[1704]玄黃[1705]兮納贄[1706](ㄋㄚˋ ㄓˋ),崇[1707]忠貞[1708]兮彌堅[1709]。

【譯詩】

繞道高山北邊的山坳留宿,又駕著車趕往南面。

拜見天地之神並進獻珍貴禮物,崇尚賢良之心更加堅定。

　　歷[1710]九宮[1711]兮遍觀[1712],睹[1713]祕藏[1714]兮寶珍[1715]。

[1700]　曲阿:高大山陵的山坳。
[1701]　北次:在北邊住宿。
[1702]　造:駕駛。
[1703]　南端:南方。
[1704]　謁:拜見。
[1705]　玄黃:天地之神。
[1706]　納贄:第一次拜見長者贈送的禮物。
[1707]　崇:尊崇。
[1708]　忠貞:忠誠而賢良。
[1709]　彌堅:更加堅定。
[1710]　歷:遊歷。
[1711]　九宮:傳說中神仙居住的宮殿,此處泛指天宮。
[1712]　遍觀:看遍。
[1713]　睹:看。
[1714]　祕藏:隱藏的。
[1715]　寶珍:即珍寶。

就[1716]傅說[1717]兮騎龍，與織女[1718]兮合婚[1719]。

【譯詩】

遊歷參觀了天上的宮廷，看遍了珍藏的各種寶物。

騎著龍拜見了名臣傅說，和天上的仙子織女結為伴侶。

舉[1720]天畢[1721]（ㄅㄧˋ）兮掩[1722]邪[1723]，彀[1724]（ㄍㄡˋ）天弧[1725]兮射奸[1726]。

隨[1727]真人[1728]兮翱翔[1729]（ㄠˊ ㄒㄧㄤˊ），食[1730]元氣[1731]兮長存。

[1716] 就：乘著。
[1717] 傅說：輔佐殷高宗武丁實現王朝中興的名臣，是殷商時期的政治家、軍事家。傳說他出身低微，原本是傅巖這個地方築牆的奴隸，武丁發現他的才能，起用了他，並任命為相。傳說死後化為辰宿。
[1718] 織女：神話傳說中的仙女，也是星名。
[1719] 合婚：結下婚姻。
[1720] 舉：高舉。
[1721] 天畢：即天畢星，形狀似網，故而得名。
[1722] 掩：網盡。
[1723] 邪：奸邪之臣。
[1724] 彀：拉滿的弓。
[1725] 天弧：星名，形狀似搭箭張弓，故而得名。
[1726] 射奸：射殺奸臣。
[1727] 隨：追隨、跟隨。
[1728] 真人：道家稱修仙煉氣之人，此處泛指仙人
[1729] 翱翔：迴旋飛翔。
[1730] 食：服食。
[1731] 元氣：道家或方術所稱的導引術語，此處指仙家所煉之氣。

〈九思〉

【譯詩】

舉起大網將奸邪滅盡，拉滿弓射殺奸臣。

追隨仙人四處雲遊，服食精華之氣以長生。

望[1732]太微[1733]兮穆穆[1734]，睨[1735]三階[1736]兮炳分[1737]。

相[1738]輔政[1739]兮成化[1740]，建[1741]烈業[1742]兮垂勳[1743]。

【譯詩】

仰望太微星莊嚴而且肅穆，三臺星璀璨奪目。

輔佐君王教化萬民，建立偉大的不朽功業。

[1732]　望：仰望。
[1733]　太微：即太微垣，與紫微垣、天市垣合稱為「三垣」，是古代天文學上的「星官」，類似現代所稱的星座。
[1734]　穆穆：莊嚴肅敬的樣子。
[1735]　睨：斜著眼睛看。
[1736]　三階：星名，又稱為「三臺」，分為上臺、中臺、下臺，總共六顆星，兩兩相對。古人以天文對應人事，將三臺星比作人間的三公（司馬、司徒、司空，另一說為太師、太傅、太保）。
[1737]　炳分：繽紛。
[1738]　相：為相。
[1739]　輔政：輔佐政事。
[1740]　成化：實現教化。
[1741]　建：建立、成就。
[1742]　烈業：偉大的功業。
[1743]　垂勳：不朽的功勳。

目[1744]瞥瞥[1745]兮西沒[1746]，道[1747]邈迥[1748]（ㄒㄧㄚˊ ㄐㄩㄥˇ）兮阻[1749]嘆。

志稽積[1750]兮未通[1751]，悵敞罔[1752]兮自憐。

【譯詩】

太陽一瞬間西沉，前方的道路遙遠且充滿阻隔。

鬱積在胸的志向無法實現，惆悵迷茫自嘆自憐。

亂[1753]曰：

天庭[1754]明兮雲霓[1755]藏，三光[1756]朗[1757]兮鏡[1758]萬方[1759]。

[1744]　目：「日」的誤寫。
[1745]　瞥瞥：一瞬間。
[1746]　西沒：太陽下落。
[1747]　道：道路。
[1748]　邈迥：路途遙遠。
[1749]　阻：阻隔。
[1750]　稽積：壓抑、積鬱。
[1751]　未通：沒有實現。
[1752]　悵敞罔：惆悵而迷茫。
[1753]　亂：《楚辭》結束全篇時所用的結束語，類似於尾聲。
[1754]　天庭：天上的神殿。
[1755]　雲霓：虹，此處指雲霞。
[1756]　三光：日、月、星。
[1757]　朗：明亮。
[1758]　鏡：照耀。
[1759]　萬方：指萬國，泛指四處。

229

〈九思〉

斥[1760]蜥蜴[1761]兮進龜龍[1762]，策謀[1763]從兮翼[1764]機衡[1765]。

配[1766]稷（ㄐㄧˋ）契[1767]兮恢[1768]唐[1769]功，嗟[1770]英俊[1771]兮未為雙[1772]。

【譯詩】

尾聲：
天庭光明而雲霞隱退，日月星辰光芒萬丈照耀四方。
斥退小人而賢良之臣上位，出謀劃策安定邦國。
以后稷和大契般的才智建立唐堯的功業，感嘆當世的俊傑無人匹敵。

【延伸】

「守志」，就是恪守志向。這是一首「遊仙」意味十分濃厚的詩歌，詩人以充滿想像力的筆觸，建構一個綺麗的世界。繼承〈離騷〉的遺風，與前篇中的劉向、王褒的詩歌一脈相承，

[1760] 斥：斥退。
[1761] 蜥蜴：爬行動物，此處指小人。
[1762] 龜龍：傳說中的靈物，此處指忠貞的賢臣。
[1763] 策謀：出謀劃策。
[1764] 翼：輔助、輔佐。
[1765] 機衡：星名，北斗七星中的第三顆星璿璣與第五顆星玉衡。
[1766] 配：匹配。
[1767] 稷契：周代的始祖后稷和商代的始祖大契。
[1768] 恢：弘大。
[1769] 唐：堯帝，又稱唐堯。
[1770] 嗟：讚嘆、嘆息。
[1771] 英俊：英傑、俊才。
[1772] 未為雙：無人能夠匹敵。

都是對「詩人屈原」這個意象的發揚，並將這種表達方式繼承了下來。在這裡，詩人屈原不止是一個歷史人物，同時還是一個藝術形象。寫詩人得不到重用後，乘龍飛升上天，遊歷仙界，並與著名的賢臣傅說交談。並最終實現了明君賢臣的理想，建立可以垂範萬古的不朽事業。

　　詩人飛升到天界與被奉為聖人的傅說交談這個情節，堪比文藝復興時期的偉大詩作《神曲》中但丁（Alighieri Dante）與維吉爾（Vergil）的際遇。但丁迷失於森林，被豹、獅子、狼（三隻動物代表邪惡、驕傲、貪婪）阻擋去路，在這危急時刻，古羅馬詩人維吉爾出現了，他不僅搭救了但丁，還引著他遊歷地獄和煉獄，後來又在貝阿德麗齊的引導下看遍天堂。不同的著眼點，都表達了與偉大的心靈為伍，並始終堅守自己節操的志向。

國家圖書館出版品預行編目資料

楚辭風華——從〈九辯〉到〈九思〉的楚辭體詩歌辨析 / 白羽 著 . -- 第一版 . -- 臺北市：崧燁文化事業有限公司 , 2024.09
面；　公分
POD 版
ISBN 978-626-394-794-8(平裝)
1.CST: 楚辭　2.CST: 注釋
832.18　　113012688

楚辭風華——從〈九辯〉到〈九思〉的楚辭體詩歌辨析

作　　　者：白羽
發　行　人：黃振庭
出　版　者：崧燁文化事業有限公司
發　行　者：崧燁文化事業有限公司
E - m a i l：sonbookservice@gmail.com
粉　絲　頁：https://www.facebook.com/sonbookss/
網　　　址：https://sonbook.net/
地　　　址：台北市中正區重慶南路一段 61 號 8 樓
8F., No.61, Sec. 1, Chongqing S. Rd., Zhongzheng Dist., Taipei City 100, Taiwan
電　　　話：(02) 2370-3310　　傳　　　真：(02) 2388-1990
印　　　刷：京峯數位服務有限公司
律師顧問：廣華律師事務所 張珮琦律師

-版權聲明-

本書版權為淞博數字科技所有授權崧燁文化事業有限公司獨家發行電子書及紙本書。若有其他相關權利及授權需求請與本公司聯繫。

未經書面許可，不得複製、發行。

定　　　價：350 元
發行日期：2024 年 09 月第一版
◎本書以 POD 印製
Design Assets from Freepik.com